四合院的孩子

癸卯秋月墨塵書

作者与父母、姐姐在前院木影壁前，约摄于一九四五年初夏

Moi, enfant
du Siheyuan:
souvenirs du
vieux Pékin

四合院的孩子

何大齐 著·绘

生活·讀書·新知 三联书店 生活書店出版有限公司

自序：四合院里的童年

我生在北京，长在四合院。我曾经创作过许多关于自己少时北京的画作，并写下了与之相关的逸闻掌故。但这些描绘多为市井百业、民风民俗，虽为亲历，却是旁观者的角度，对于发生在四合院里最为真切的自身生活反倒是鲜有涉及。

二〇二一年秋，在筹备《北京的春节（增订版）》一书时，根据编辑构想，我详绘了一帧过年时我家院落的俯瞰图作为全书的开篇，由此为契机，不经意间勾起了我对儿时四合院内生活的回忆，一幅幅、一幕幕在脑海里浮现勾连，呼之欲出，于是有了这本书的写作。

从元朝到明清，北京城逐渐形成了胡同与四合院共生的民居生态环境。这样的居住格局决定了人的生活方式、思想行为和道德观念。广大老百姓在这样的环境下，就有了许多的共识，并习以为常地一代一代沿袭着，形成了所谓的京味文化。

我出生在故宫东北方向不远的一个叫孟家大院的胡同里。五岁时父亲购置了新居，遂搬到西安门北黄城根二十三号。这是一座三进的大四合院，在这里，全家居住生活了二十多年，直至一九六六年迁出。

这本书中所写、所画的内容，大多发生在二十三号院内一九四五年至一九五五年这一时间段，是一个成长中的小男孩眼中的生活天地——从院落的格局到屋内的陈设，从花草树木、猫狗鸟虫到衣食住行、年节礼仪，从孩子们学书习字、娱乐游戏到父辈往来的旧雨新知、借住在家里的长辈亲朋等，凡此大事小情，都真实呈现了那一时期生活的样貌。这些点滴记述，既是对七十多年前一户平凡北京人家的个体微观，更有对一个时代、一座城市的共情。虽为过眼云烟，却又如此地真切、清晰，历历在目。

转眼间，我已从一个小男孩变成了耄耋老人。过去的大半个世纪不过历史一瞬，但在剧变的时代中，回首往事，又怎能不生出“古今多少事，渔唱起三更”之感怀？

何大齊

二〇二二年十月

目录

忠厚傳家久
詩書繼世長

四合院

北京的四合院

我从童年到青年二十多年间，是在北京的四合院里度过的。这里的一砖一瓦，一草一木，都陪伴了我的成长，牢牢地刻在自己的心中，永远挥之不去。

四合院的格局

一九四五年初春，我四岁多的时候，全家搬到了一座大四合院里居住，这是一座有三进院子，将近三十间房的大宅院。

这座住宅位于西黄城根大街，因为西黄城根大街是南北向的，所以我家大门是坐西朝东。走进大门，先是一个四方形的小院子，这是为进第一个院子准备的。迎门是一座砖影壁，正中间挂着一块木质的竖匾额，用颜体楷书写着“迎祥”二字，黑字红底黑木框，十分庄重。影壁前放一座鱼缸，两旁有木质的大花盆，种着结满果实的石榴树。靠北侧，有一棵十几米高的大绒花树，枝叶覆盖了半个院子。绕过影壁，又是一面墙，墙头装饰有用砖瓦砌成的小花栏，中间有四扇绿色屏门，上面用红油漆涂出了四块菱形，写着“吉祥长久”四个大字。

北京四合院
西安門北黃城根二十三號
辛丑冬月

进门后迎面是一个木质的影壁，靠北侧是一片竹林，绕过木影壁，就是东西向的长条形的第一个院子，在传统四合院中这叫一进院，我们管它叫前院。院子里五间南房一溜排开，西侧是两间房，北面是进入第二个院子的通道，也叫垂花门。因为这个门的檐柱不落地，垂吊在屋檐下，称为垂柱，它下面有一垂珠，通常彩绘为花瓣的形式，所以称为垂花门，是外院和内宅（正院）的分界线。进门两侧是游廊，东西各三间，每间游廊的墙上都开凿出一个什锦漏窗，每个窗子的外形不同，有五边形、六边形、扇面形、桃形、圆形和十字形。两面镶有玻璃，里面装上电灯，粉红色的灯罩，每到除夕夜都会灯光大亮，光彩鲜艳，增加了浓厚的节日气氛。

进垂花门就进入了正院，三间高大的北房，也叫正屋，是我祖母的居所，她在家里辈分最高。正房东西两侧，各有一间略小些的耳房，东西厢房各三间，这是第二个院子。从东耳房的夹道，可绕行到第三个院子，我们称为后院。后院正北有三间后罩房，东北角有一间祭祖的祠堂，院子东西各有厢房两间，西边是我父母的卧室，东边改作厨房用了。

后院的西北角还有一个跨院，两院中间隔着一道墙，这里装有四扇屏门，也是绿色的，上有红色菱形，书写着黑字“德、义、渊、闳”，左右各开一个花格镂窗，前后镶着玻璃，里面装有电灯。这个西跨院里有四间北房，最西边的一间是通往后门的过道。因为我们的宅院在大街上是坐西朝东，所以比传统的坐北朝南的三进式四合院就多出了两个小跨院，一为进门折向，一为西北角后门。

四合院里的花草、树木

这座四合院总面积有一千四百多平方米，树木多、种类多，有绒花树、槐树、臭椿树、香椿树、花椒树、苹果树、海棠树、丁香树、桃树、枣树、杏树、石榴树，还有葡萄、藤萝和一小片竹林。

一进大门首先看到的是绒花树，学名叫合欢树，它的树形优美，叶形雅致，盛夏时粉红色的绒花开满枝头，有色、有香、轻柔、舒畅。种在庭院入门处，扑面而来的就是喜庆欢乐。从屏门转入前院，右侧有一个九平方米大小的花池子，里面种有三四十棵翠竹，微风吹拂，竹叶和竹竿，就摇头晃脑，发出哗哗的互相碰撞的声音。到了春天，竹笋从地下拱出来，一派生机。这时要给竹子浇水就是我的活儿了，我用水桶打水，隔几天浇五六桶，竹子眼看着往上拔节。前院五间南房的后面，是一棵上百年的老槐树，我们三个孩子拉起手来才勉强合抱住它。它的枝干粗壮，树冠高达二十多米，相当于五六层楼房那么高，把五间南房全都罩在它的伞盖下。树高鸟自来，每天无数的麻雀、喜鹊等在上面跳跃、觅食、鸣叫，在树的枝杈上有好几个鸟窝。

垂花门外的西侧有一棵花椒树，每到夏天，结出深红色的花椒，一嘟噜一嘟噜地垂下来。花椒特有的香味，很远就能闻到。可能花椒的味道能驱虫，所以这棵树干干净净的，从来不长虫子。把花椒摘下来，晾干就可以当做饭的调料了。

正院东西两边各有一个花池子，西边是棵苹果树。每到秋天，枝头挂满了大红苹果，摘一个咬一口，有一股香蕉味，奶奶告诉我这个品种好，叫香蕉苹果。东边种着一棵海棠树，和苹果树的大小相当，有一房那么高。春天海棠花开了，满树粉红色的小花，散发着阵阵清香味。待花落后，就结出绿色的小果子。到了秋天海棠渐渐变红，随着风在树上摇曳。摘一个吃到嘴里，有些酸涩，我们这些孩子都不喜欢吃，所以大部分就让麻雀之类的小鸟给啄食了。在东厢房的前面有一棵桃树，不知为什么，它长了很多害虫，也从没想过要给它打药，所以树叶和果实，每年都被虫子蚕食得千疮百孔。正院的西北角，有一个小跨院，里面长了一棵十米高的香椿树，每到春季长出嫩芽时，我就在竹竿头上绑上刀片，把香椿芽割下来，收集到笸箩里，交给母亲做菜，炸香椿鱼、香椿拌豆腐，大家都爱吃。后来小跨院的地下，也滋出了很多香椿的小枝条，随手就可以摘下许多香椿嫩芽了。

后院的东北角，有一棵巨大的臭椿树，树干粗大，直径可达六十厘米，树冠也有二十多米高，从树叶上看和香椿十分相像，但它的叶子和花都散发一点微臭味，所以叫“臭椿”。听说这种木材特别适合做鼓用，而且它的纤维是造纸的上好材料。后来因为树长得太大了，都影响到邻居家的房子安全了，有一天父亲就找了很多伐木工人来锯树。先把枝杈都锯下来，后锯主干，因为太高太大，不能从根上锯，否则倒下会砸到房子。只见他们把树从上往下，分成四段，要不然也运不走啊！我在旁边守着看，心里有淡淡的惆怅，想着这么大的一棵树，得做多少个鼓和多少张纸啊，只是往后见不到它了。

后院三间后罩房前面，有一棵粗大的老藤萝，枝干屈曲盘旋，有如巨蟒攀附在白色的藤萝架上。每当四、五月份的时候，紫色的藤花盛开，像葡萄似的一串一串的紫藤花散发出香味，引来了蜜蜂上下飞舞。把紫藤花摘下来，用水清洗干净，拌上白面上锅蒸熟，再蘸点儿白糖吃，那可真是香甜啊。所以我给它起名叫“三好”——好看、好闻、好吃。

在后院的西侧，有一棵白丁香，这是一种灌木，从地面长出许多枝条，四下散开。四、五月份时，丁香开满白色小花，花色洁白淡雅芬芳，满院生香。家里人每天都在树下，摆上桌椅，喝茶、吃饭、休息、看报，闻着花香，那真是沁人心脾。

进入西跨院有一棵大枣树，秋天大红枣挂满枝头，我就用竹竿往下打，打下来弟弟妹妹们就都蹲在地上捡，这枣又甜又酥又脆，树梢上的枣，竹竿够不着啊，就让它一直挂在树上吧！到深秋树叶落光了，只见深红色的枣挂在枝头摇晃，引得小鸟飞来站在高高的枝上饱餐。起风了，那些早已熟透的枣被吹下来，着地就烂成一摊枣泥了，不留神踩在脚下就一滑，母亲总喊我们别踩，弄脏鞋是麻烦事儿。但也挡不住我们偷偷去踩的行为，这也是初冬院中的一景了。

院子里高的是树，低的就是花草了。有玉簪花，俗称玉春棒，喜阴湿，所以种在前院南屋前的花池里，这儿太阳晒不着。绿色的大叶子，托起一簇一簇白色的花朵，花片肥大，可以摘下来放在浅瓷盘中，用水浸泡养着，放在书桌前闻香观赏。

在正院的西厢房前种着一排马莲草，它的叶子细长，青绿色有韧性。端午节到了，我就把马莲剪下来，给忙着包粽子的妈妈做捆绑的绳子用。每年夏天，马莲草会开出紫色的小花，它是多年生的草本植物，所以年年自动长出叶子，经久不衰。

正院的花池子里还种有黄花，每到夏天都盛开大朵的花，摘下来晾干，就是食用的黄花菜。把黄花、木耳、鸡蛋、猪肉片一起炒，就是著名的木樨肉，也是我的最爱。

四合院里的动物

树木花草是鸟类、昆虫等动物赖以生存的家园。我家院子多，人口少，有些地方平日人很少走动，于是杂草丛生。在盛夏季节，有的草长得有半人多高，把平时不住人的屋子的门窗都遮挡住了。说这些草丛中埋伏着神兵百万，那可一点儿也不夸张。一窝一窝的蚂蚁，成群结队游走于草丛，只要发现食物，不一会儿就招来黑压压的一大片，蚂蚁们排着队往窝里运食。有时因为争食，两窝蚂蚁交战，相互撕咬，在地上翻滚，最后死伤一地，十分惨烈。

草丛里还有螳螂、蝎子、蜈蚣、挂大扁儿（绿蚂蚱）、蛐蛐、油葫芦等，众多的小东西都在这里寄生、觅食。有这些小昆虫，于是就招来了花草蛇。这种蛇都不太长，也没毒，在草里面穿行，专以这些草虫为食物。有一天下午，一条花草蛇正在花池边休息，不想被路过这儿的妹妹看到，蛇身上的花纹色彩鲜艳，很像一条花布带，于是她就俯身去捡，不想小蛇哧溜一下就钻入草丛，可把她吓坏了，一脸惊恐地往屋跑，边跑边喊："院子里有蛇！"她狼狈不堪。却引得专喜这些小动物的我哈哈大笑，这也成为以后我揶揄她的话柄之一了。

这院子还是黄鼠狼的乐园。黄鼠狼在草丛中不仅吃小昆虫，还追逐老鼠，是老鼠的天敌。那时我在院子里，用一个大木箱搭建了一个鸡窝，养了四五只鸡。有一天早晨起来，发现鸡满院子跑，就是不回窝，并且少了一只。当我打开街门要上学时，发现门扇和门槛之间，卡着一只鸡，身子留在门里，鸡头不见了——一看就是黄鼠狼的恶行，它偷了鸡拖不出去，就把鸡脑袋咬掉，干了"黄鼠狼给鸡拜年"的勾当。有一天下午我看到一只黄鼠狼从草丛中跑出来，立马抄起铁锹就追打，它一下子就钻进游廊下的排水沟洞中。我叫来几个小伙伴，在沟眼两头堵，嘴里说着"看你往哪儿跑！"。没想到黄鼠狼这时拿出了保命的绝活儿，放出"救命屁"，那叫一个臭啊！熏得大

家四散跑开了。祖母听说此事，告诫我不能打黄鼠狼，说它是有灵气的，叫黄大仙，是保一家平安的。信不信我也得听祖母的话啊。

正院南面是垂花门，四扇屏门，一般只开中间两扇，左右边上的两扇折叠起来。一天我心血来潮想把四扇全关上，猛地一拉门，“吧嗒”一声从门上落下一物，我低头细看，灰黑色像一团脏搌布，有老鼠一样的脑袋，大耳尖嘴，瞪着眼睛一动不动，真是个怪物。我连忙喊叔叔出来，他看了看说：“这是蝙蝠，它白天挂在阴暗处睡觉，晚上出来捕食，吃蚊虫，它住在咱家是福气。奶奶过生日，客人送的‘五福捧寿’的灯罩不就是画的五个红色蝙蝠吗？”噢！我这才明白，赶快拿铁锹把它铲起来，往上一扬抛向天空，它扑棱一下子就飞走了。

每天早晨，上百只麻雀落在藤萝架上、树枝上一起大合唱，把我唤醒，只要我一打开屋门，麻雀闻声呼噜一下子全飞光，只要你走开了，呼噜一下又都回来了。树上结的果子，像枣、海棠、桃、杏都是它们的早餐。院子里飞的不仅有麻雀，还有喜鹊、乌鸦、杜鹃等。杜鹃的叫声很奇特，“光棍好苦”是人们模仿它叫的声腔编的谐音，但它真的就是这个腔调。经常光顾的鸟儿，还有布谷鸟、翠鸟、燕子、灰斑鸠等，有的我也叫不出名字来。一入夏树上的蝉鸣不断，“吱啦、吱啦”声，从早响到晚。

院子中央的大鱼缸里，养着几十条红色的金鱼，各类品种都有，也很少喂食，夏天蚊子在水中产卵，变成蚊子的幼虫孑孓，是鱼儿的最好的饲料。晚饭后，全家人围着大鱼缸赏鱼聊天，各谈自己一天的学习、工作、见闻，四合院里流淌着亲情，流淌着人与自然和谐共生的温馨。

院里的花草

过了惊蛰，天气一天天变暖了，到了谷雨，正是一年中种花草、整修树木的最好时节。我家院子里种着许多花草树木，有的需要人去打理，有的无须管它，自己就随意地钻出地面了。

我家前后院共九个花池子，都种着各种类型的花。

花分三类：第一类是多年生的花卉，像玉簪花，又叫玉春棒，冬天来临时，花枝凋零，地面是叶黄枯萎，但根在地下继续成活。我觉的就像动物冬眠一样，它也在地下静悄悄地休息了。到了春天，它自己就从地下发芽，像春笋一般，浇上水就噌噌地长，一天一个样，不到盛夏，它就开花了。大朵大朵的白花，那么娇艳诱人，而且味道清

香扑鼻。每到这个时节，妈妈总要剪下几朵，把雪白的花盛放在一个绿色的大瓷盘里面，四周围成一圈儿，浇上水，让花儿的根部浸在水中，可保持两三天花不凋谢，放桌子上，满屋飘香。过几天看盘子里的花枯萎了，她就又换新的，真是仙衣翡翠，薰风庭院。宋朝王安石有诗赞美它说："瑶池仙子宴流霞，醉里遗簪幻作花。万斛浓香山麝馥，随风吹落到君家。"院子里有了它，一夏天都觉得明快、欢畅。

这种花喜阴，所以都种在前院儿五间南房前的花池子里。椭圆形的大片叶子，向四边散开，几枝花茎，亭亭玉立，中间有黄色的花蕊。而待开放的花蕾，长而尖地向前伸展，下面包着绿色的花萼，真是如纯洁高雅的少女一般可爱。只见她招引来一群蝴蝶和蜜蜂，围着她上下飞舞，或钻入花中采蜜，偶尔也有绿色或红色的蜻蜓在此盘旋停留。那真是绿色盎然，一派生机。

玉簪花生命力极强，好看又好活。二十多年，在这个院子里，我们这些孩子都长大了，它也一年年陪伴着我们，花开花落，周而复始。

花池子里还长着很多萱草和黄花，也是多年生的花卉。萱草和黄花春天从地里钻出，不开花之前很难分辨它们。都是细长的叶子向四外弯弯地散开来，中间几个绿色的花茎长得高高的，长而尖的花蕾一簇簇的，直直地向上挺立。等到一开花，就能很清楚地分辨它们了。黄花花大，颜色是柠檬黄；萱草花略小，是橘黄色的。那时我们在院

子里玩耍，见它们发芽后就打赌，看黄、萱两种谁猜得对。我怕和别人说的混了，还特意在我认定的一棵上做个记号，等花开了，往往也是我输了。但这中间的期待、观察、快乐却是长久的了。

马兰花，又叫马莲花，在正院的东、西厢房前种着。深绿色的叶子又细又长，韧性极强，家里端午节包粽子，就用马莲叶当捆粽子的绳子用。平日，我们几个孩子玩耍时，每人揪一根，两人用草叶勾在一起拉拽，看谁的叶子断了，谁就输了。孩子的快乐很简单，就是一根草叶，也能玩儿好一会儿。马莲也是多年生的草本植物，不用人去管理也能长得很好。它喜欢阳光，对环境适应性极强，耐旱，而且花朵是蓝紫色的，开花时间长。在民间，它是勤劳、勇敢、吉祥的象征。那真是“根枝同硕茂，岁月喜升平”，有了它们，满院都是祥和。

第二类是野生的花草，像蒲公英，它开圆形黄色的小花，花谢后，长出蛛丝状的白色长柔毛，毛的根部是花的种子，可以随风飘到很远的地方，落地生根，繁殖后代。有时，我顺着茎拔下一根，拿在手里，轻轻一吹，看它顷刻飞舞，漫天飘散，觉得特别好玩儿。

还有野生的狗尾巴草，生命力顽强，绿叶中间抽出茎干直立，上面长着柔长的、麦穗状的花柱，花柱长满了细密的纤毛，形状像狗尾巴。到秋天，我经常拔出它中间的茎，把头上的尾巴去掉，茎头就留下细细的绒毛，这是逗弄罐子里养的蛐蛐最得手的工具，拿在手里，茎直立挺拔，头上的绒毛一碰蛐蛐，它就不停地发出叫声。我和另一个伙伴都抱着自己的罐子，然后把两只蛐蛐放在一起，用这种草引逗它们争斗，最后胜者为赢，这也是当时男孩子最喜欢玩的游戏。狗尾巴草也是自己散播种子，是野草类，自生自灭。

第三类是需要采下种子，春天播种的。

我记得在花池子里，春天撒下一种草的种子，这是指甲草，又名凤仙草。指甲草开出的花除了药用价值，如能活血化瘀、利尿排毒等，对于家里的女孩子来说，就是染指甲。

指甲草花色十分鲜艳，有大红色、白色、紫色等。这种草开过花后，结出两端尖、颜色浅绿的果实，里面是黑色球状的种子。把种子保留到第二年春天，种在花池子里，就发芽长大了。

它开花艳丽，大人们说采下红色花瓣，加明矾捣烂，涂在指甲盖上，经过一夜的浸染，指甲就能变红。家里姊妹都争着要试一试。那年我刚上小学，看她们操作得这么热闹，我也跟着起哄，也往指甲上

指甲草

涂，然后用叶子包好，用线绑住。第二天早晨一打开，指甲还真染得挺好，但想洗掉，却怎么也洗不掉了。到学校让同学们看到了，都笑话我。我真后悔，早知道能染得这么牢固，我才不凑这个热闹呢！没办法，只能等着慢慢消退。指甲草，是女孩子们的最爱；用它的花染指甲，是我童年记忆中的趣事。

自种食材

在我家前院的西房门前，有一棵大花椒树，高度超过房子，估计得有四米多高，树干约有十五厘米粗，枝繁叶茂。到了结果实的时候，上面挂满了一嘟噜一嘟噜的红色的花椒果，果子不大，像红小豆。在绿叶中红红的果实十分好看，而且释放出一股花椒的香气，离得越近味道就越浓。等到秋后果实成熟了，呈现出红褐色，并且果实中间都裂开了，这时用剪刀剪下来，放在笸箩上晾晒，让它干透，装入瓶里，把盖儿拧紧，就可以保存起来了，那可是上好的调料啊！记得有首诗其中几句这样说它："欣欣笑口向西风，喷出玄珠颗颗同。……鼎馔（sù，蒸菜）也应加此味，莫教姜桂独成功。"那时很多北京四合院都有它的身影，每当亲戚朋友来，妈妈总要送他们一些，让他们带回家做菜用。

花椒是炖肉、炒菜炝锅必不可少的调味品，花椒盐在北京食品中是一味重要的蘸料。干炸丸子、面茶、椒盐鱿鱼、椒盐鸡排等多了去了，没有椒盐，美味尽失，所以都是做菜前先准备好，那是这种菜肴的灵魂啊！我喜欢椒盐的香味，也爱干这活儿，所以做椒盐我包了。

先把花椒放在锅中小火儿加热干焙，勤翻动，可千万不能炒煳，等渐渐均匀变成棕色，倒出放在案板上，用擀面杖反复地擀轧，变成细末，再加入精盐，装进密封瓶中，拧紧盖儿，防止跑味受潮。用时一撒，真是太香了，当然一次不宜做太多，随吃随做。

花椒树的枝干上长满了疙瘩，这种材料是老人做手杖用的佳品，又好看，还有按摩手心穴位的天然功效。

在院子里的花池子四周种着很多黄花。它们从根部长出细长的叶子，向四外弯曲铺开，在叶丛中间长出绿色的花梗儿，梗儿的头部长出一根根长条形的黄色花苞，开放时有六个花瓣，展开了像个喇叭形。它的花瓣很长，差不多有九厘米，有香味，每天早晨都会招来很多蜜蜂和蝴蝶，上下飞舞，有的蜜蜂会钻进花里面去采蜜，特别热闹。

黄花盛开之后会慢慢打蔫儿，这时就可以摘下来放在笸箩里晾，晒成浅棕色。这黄花是必须晾干晒透才行，据说吃鲜黄花有毒，晒不透收藏会发霉变质。

这干黄花可是炒菜的上好食材。比如有道菜叫“木樨肉”，就是用黄花、木耳、猪肉片、鸡蛋炒制而成。还有过生日吃的打卤面，卤汁里是一定要有黄花的，我们管这锅鲜美的卤叫“浇头儿”，那时不论家里谁过生日，我都吃不腻的。把黄花用清水洗净，倒进温水发开，然后切成一寸长的小段儿，和其他食材一起用淀粉勾汁打卤，卤做好后倒入刚炸的花椒油、蒜末儿，浇在象征长寿的手擀面上。面条爽滑劲道，卤汁香气四溢，嘿！有多少凉菜也抵不过这碗面的诱惑啊！过生日人高兴，吃面的人兴高。院子里的黄花啊，花开时装点庭院，花谢后菜肴佐餐，真是伟大的奉献。

在我家通往后院处有一面四扇屏门，两侧是用砖雕花瓦式的墙，墙下有长长的花池子，里面种的是大南瓜，北京人管它叫老倭瓜。我用竹竿支起一个瓜架子，瓜蔓顺竿爬，一直爬到墙头上，绿叶把墙壁都遮住了，它们开出大朵的黄花，有仰头的，有侧脑袋的，有耷拉脖子的，真像中国大写意花卉图。齐白石画的蔬菜、果实就是从生活中提炼出来的，所以才那样生动、活泼、有趣。

等到花谢了，先结出一个鸡蛋大的小瓜，挂在瓜蔓上，我每天给它浇水，把狗和猫的粪便都铲到它的根部，肥足它长得就壮。一个夏天过去，小瓜也长大了，足有四十厘米长，重达八九斤。南瓜的品种很多，瓜形也各异，但我觉得味道都差不多。摘下用刀切开去籽，切成月牙形上锅蒸，蒸熟后可以直接带皮吃，口感绵软，又甜又糯，十分好吃。还可以用礤床儿（一块竹板，中间开一方洞，镶一个金属片，上面有鱼鳞状的小洞，锋利如刀）把南瓜刮成细丝，把落到瓷盆里的这些南瓜丝，加入盐和白面，还有适量的水，用筷子搅拌成糊状，把烙饼铛烧热倒油，然后用大勺子舀上一勺刚才搅好的面糊，慢慢铺平，等一面微黄了，再铲过来烙另一面，两边都烙好，就可以出锅了。放在盘子里，洒点儿酱油、醋之类的调味品，外焦里嫩，全家人都爱吃。

一看母亲在擦倭瓜丝，我就迫不及待地在厨房跟着转，很多家常饭都是给母亲打下手，也就学会了。家里人都说我一夏天给它们浇水、施肥，好吃也有我一份功劳。这种食物叫“瓠（hù）塌子”。那时北京四合院里的边边角角，都有种爬墙的藤蔓植物，做瓠塌子的以西葫芦为多，我家却喜欢年年种倭瓜。北京人常把它当主食，一张饼，面、菜全齐了，再加一碗棒子面粥，简单、实惠、好吃。瓠塌子由于它的形状，也被人用来形容面部扁平的人，比如说“某某长了一张瓠塌子脸”。一种食物能和长相联系起来，这也是北京人的幽默。

慈姑

迎着大街门，有一面影壁，影壁前面有一个大缸，里面半缸泥土，上面是水，种着水生的慈姑。慈姑的叶子很特别，前面是尖头儿，后面像小燕子的尾巴分两叉，绿色的叶子挺拔向上，像箭头直指天空。经过一个夏季的生长，到了秋天，叶子渐渐枯黄，泥土中的根茎也长得肥壮了。如果这时用手到泥中去挖，就会摸到圆圆的根茎，取出来用清水洗净，通体淡黄色。它的头部又长又尖，下面是一个圆球。我母亲经常在红烧肉里加入慈姑。她把慈姑去皮，切成转刀块，和猪肉一起小火慢炖，熟了一打开盖儿，满屋喷香。慈姑让猪肉的香味浸透了，软糯可口，再浇上黏稠的肉汁，太下饭了。慈姑还可以切成片，和猪肉片、葱丝、姜丝一起炒，也很好吃。那时是吃多少，就到缸里挖多少，永远是新鲜的，不过十几天也就吃光了，只盼来年春天再种了。

后院有个大花池子，四周围用砖砌成一个矮栏，里面浇满了水，种的是芋头。芋头是喜水的植物，春天种上，经过夏季的生长期，叶子非常肥大了，外观像心脏形，大如荷叶，一茎一叶，层层叠叠，一派绿色。它喜水，所以我放学回来都要给它浇水，让土壤总是水汪汪的，蜻蜓有时也会飞来盘旋，在此点水排卵。这一池子芋头给院子大

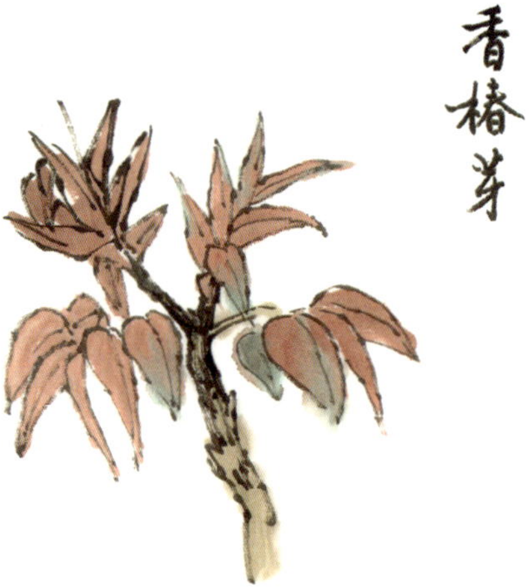

增绿色。一入秋，叶子从边上开始变黄，渐渐下垂，这预示着芋头成熟期到了。这时抓住叶子拔起，连带着茎根的芋头也一嘟噜拔出来了。芋头有大有小，外面是一层褐色的皮，洗净蒸熟剥皮入口，绵软细腻光滑。如果蘸白糖，就更好吃了。那时孩子零食少，它简直可以成为随时解馋的零嘴了。

芋头的食用方法很多，除了蒸食，还可以红烧芋头、排骨蒸芋头等，加入芋头的菜我都爱吃。这一池子的芋头，产量足有三十来斤，每天都吃，也可以吃上二十几天。

每到春天，正院的香椿树就从枝头发出红色的嫩芽儿，这香椿芽儿，可是开春的第一口新鲜蔬菜。树高够不着，我就找来长长的竹竿，在竿头捆上一把小刀，钩住它的根部猛地往下一拉，就割下一绺嫩芽儿，弟弟妹妹们在下面捡，凑成半小盆端到厨房。妈妈把香椿芽洗干净，锅中放水，烧开后倒入香椿先焯一下，它一着热水就变绿了，用漏勺捞上来过凉水，在案板上码放整齐，先把硬硬的根部切掉，再把香椿切成小段，放入盘中，加入两块雪白的嫩豆腐，滴上香油撒上盐一拌，真如雪中绿翡翠，颜色好，喷鼻香。这是一道春天必吃的凉菜，香椿拌豆腐，吃到它，就吃到了春天的味道。

如果把香椿切碎打入几个鸡蛋，用筷子搅拌均匀，将炒菜锅倒入花生油，烧到冒烟，将碗里的香椿鸡蛋液倒入锅中，只听“刺啦”一声，香味扑鼻而来，用铲子摊平，待凝固成型后翻面，煎至两面金黄即可，铲出来放在盘中切成小块儿，这就是香椿摊鸡蛋了。香椿芽有丰富的营养，又有特殊的香味，几乎是人人都爱的饭桌佳肴。前些日子在超市看到包装很好的一盒盒的香椿芽，一问价格，要近百元一斤，真没想到我小时候唾手可得的香椿芽，竟成这么金贵的稀罕物了。

在我家后院三间北房的前面，有一架和房等宽的藤萝架，齐房檐高。木质的架子涂了白漆，上面盘绕着一大棵藤萝的枝蔓，最粗的有碗口那么粗，细细的分枝布满架子，灰褐色的藤蔓像一条龙一样上下飞动。春天一串串椭圆形的、嫩绿的叶子挂满了枝头。不久，一串串淡紫色的花，就绽放开来。花越长越大，花穗从上往下垂落，足有三十多厘米长，由淡紫渐渐长成深紫色。微风一吹，花叶摇动，好像一挂瀑布从空中落下，满院花香四溢。每个花瓣都是椭圆形的，上部颜色浅，下部渐成紫色，色彩的层次感很强。很多画家都爱画藤萝，

紫藤掛雲木花蔓宜陽春
題藤蘿 癸卯春

其中齐白石画的藤萝最受欢迎，成为写意花卉的精品。李白曾作诗赞美它：“紫藤挂云木，花蔓宜阳春。密叶隐歌鸟，香风留美人。”

春天藤萝花盛开时，引来无数的小生灵，蜜蜂、蝴蝶那是常客，它们每天忙着钻入花中吸食蜜汁。麻雀也经常来凑热闹，叽叽喳喳叫个不停，啄食藤萝上的小昆虫，真是满园生机。

藤萝花是可以吃的，每到盛花期，家里大人就会蹬着椅子，上去剪下几串藤萝花。母亲拿到厨房，去掉花梗，清洗花瓣，撒上白面，用手拌均匀，像蒸馒头一样，垫上屉布上锅蒸熟。蒸熟后打开笼屉盖，哇！一股又热又香的味道扑面而来。每人盛一碗，撒上白糖，吃到嘴里又香又甜，嚼一下又软又有韧性，口感极好。

藤萝的食用方法很多，例如熬白米紫藤萝粥，色香味俱佳。当时西四牌楼南边有家点心铺，一到春夏之时，就做藤萝糕、藤萝饼。他们选最好的藤萝花瓣，加上蜂蜜和其他一些不外传的东西，做成馅料，再用油来和面，把密制的藤萝馅包起来，在烤炉中烤熟，这是大家争相购买的应时糕点。

藤萝花真是名副其实的又美丽、又芳香、又好吃的“三好”庭院奇葩。

这真是：此情已待成追忆，耄耋思旧回童年。

草间活物（一）

我小时候听老人讲，惊蛰节气一到，春雷就要乍响，于是就惊动了冬眠于地下的各种昆虫，它们纷纷从地下钻出来活动了。其实倒不是雷声惊醒了它们，而是九九过后，气温回升，土地解冻，春雨也淅淅沥沥地开始下，万物滋润。冬眠的动物对温度十分敏感，惊蛰气候的变化，它们立刻就感知了，苏醒的虫子们蠕动着爬出来，过冬的虫卵也开始孵化了，北京是一派生机盎然的景象。

四合院里也开始热闹起来了。像蝎子、蜗牛、蜈蚣、蚰蜒（俗称钱串子）、蚂蚁、蜜蜂、马蜂等小昆虫，就先出现了。随着天气越来越暖和，蟋蟀（俗称蛐蛐）、土鳖、屎壳郎、蝴蝶、挂大扁儿、刀螂也相继活跃起来。四合院里有树木和各种花草，给昆虫们提供了最好的生存环境。

我从小就和昆虫为伴，知道昆虫的生活习性，有不喜欢的，有喜欢的，甚至有可以把它们当伙伴饲养或玩耍的。这成了我童年有趣生活的一个重要组成部分。

院子里种满花草树木的池子，就是我常玩耍的地方。有一次，我拿着玩具小铁桶和铲子在花池子里铲土，装到铁桶里倒水和泥玩儿，结果铲出一条“蚰蜒”，身长足有六厘米，有十五对很长的脚，身体是一节一节连起来的，爬行时细长的身子蜿蜒扭动，受惊吓后逃跑的速度极快，见缝就钻进去了。大人怕我招惹这小虫，就对我说，它叫钱串子，专往孩子鼻眼儿、耳朵眼儿、屁眼儿里钻，它无孔不入，让你浑身难受，吓得我以后再看到钱串子，打心里就害怕，实在躲不了，就用长棍子给挑到别处去。我长大后一直不喜欢多足软体动物，可能就是那时留下根了吧。

在院子的墙脚或台阶下，经常有蝎子和蜈蚣爬出来。有一次我去搬墙脚的一摞砖，突然爬出一条蝎子。它身子长圆形的，前面有一对螯（大钳子），有四对爪子，长而上翘的尾巴分成六节，最后一节是一个又黄又光亮的圆球状的毒囊，上面有一弯钩。我知道蝎子是蜇人的，有毒性，就找了一根树枝，敲它后背，那钩子一下子就钩过来，刺向树枝，前面一双大钳子高高举起，真凶啊！它从头到尾得有七八厘米长，专吃小昆虫。蝎子遇到人裸露的皮肤，毒刺就会蜇，皮肤马上就红肿，人是不能和它接触的。我仔细

看过蝎子捕食蟋蟀，它先用两大螯抓住，再用尾部毒针蜇刺，蟋蟀立马不动了，接着蝎子就用它的两个大钳子，撕开猎物的身体，慢慢吞食。它只吃昆虫，不吃花草，是昆虫生物链中的霸王，头号杀手。

在院子里茂密的草叶或树叶上，经常可以见到和植物一样绿色的大昆虫，因为它的前肢像两把大刀，刀刃上有坚硬的锯齿，所以俗称刀螂，学名螳螂。绿色就是它的保护色，让猎物误以为它是树叶，当猎物靠近时，它就用锋利如刀的前肢，猛地把猎物夹住，然后慢慢享用。它只吃寄生在植物上的昆虫，不损伤植物，人们一直把它列为对农业有利的益虫。刀螂的外形给人勇敢强悍的感觉，所以有“螳臂当车”的成语。它虽然张牙舞爪，但又身躯细小，于是就连着下句“自不量力”了。那时经常喜欢看它捕食，虽然它没有毒性，但不敢轻易上手去捉拿，怕它那双大刀伤着手。

每当雨后，在背阴潮湿的犄角旮旯，就能发现吸在墙上，或正在蠕动的蜗牛，我们那时只知道它叫“水牛（念一声）儿”。它身背一个陀螺形的外壳，这个外壳就是它的家，平时它全身缩到壳中，用身体分泌出的黏液黏附在墙壁上，当它要移动或出来觅食时，就会把它那柔软而半透明的身体从螺壳中伸出来。它先出头部的触须，慢慢地再全部出来，沿着墙面蠕动，在墙面上留下长长的银色的足迹。我们经常会用手捉拿，它一下子就把身体缩回壳里了。听大人说，你只要冲着它唱：“水牛儿、水牛儿，先出犄角后出头儿。你爹你妈，给你买的烧羊肉，你不吃，也不喝，就让老猫叼走喽！”反复唱，它就出来了。那时年纪小，信以为真，几个孩子，手心都捧着几个小螺壳，傻乎乎的，嘴对着它们一遍遍地大声唱，现在回想这场景还忍不住想乐。偶尔有一次，可能是我手捏得太用力了，它还真出来了。只见触须一伸一缩在试探外面的情况，身体也慢慢出来了，我高兴得不得了，把它放在手背上，招手让周围的伙伴都快来仔细看它的体貌和蠕动。对小昆虫的这种观察，是小孩子了解世界万物的开始，对小孩子是大有益处的。

在花池子中，还经常能见到昆虫中的大力士屎壳郎，学名叫蜣螂。它长着又黑又亮的外壳，像铲子一样的头，像船桨似的触角，

身长有四厘米左右。它把猫、狗、小鸟等动物排泄的粪便滚成一个大球，能比它的身体大很多倍。它头朝下，用后脚推着粪球滚动，越滚越大，小的像鸡蛋大小，大的和苹果相似。它把粪球滚入它挖好的洞穴中，雌性屎壳郎就在粪球中产卵，卵孵化成虫后，小屎壳郎就以粪便为食，迅速长大，再出来找动物的排泄物推成球，一生都在忙忙碌碌。

因为它力气大，那时我们就用硬纸片做成小车，有大拇指大小，并且还画上车厢、车把、车轱辘，把捉来的屎壳郎绑在车前，它就会拉着走，我们管这叫屎壳郎拉大车游戏。那时也有卖专为配合屎壳郎的微型玩具的，花样很多，像轿车、篷车、大鞍车，也有做成鸡、鹅、虎豹等造型，罩在屎壳郎身上，当然都是小纸片做的，价格也十分便宜，就是哄小孩儿的。小贩吆喝时，把屎壳郎说成骡子：“好肥的骡子来，好热的车呀！”我就买过屎壳郎车玩儿。后来，我捉到屎壳郎后，找个火柴盒扣到它身上，它就顶着火柴盒到处跑，我和弟弟妹妹们在院里空地上，看着它不辨方向地乱跑，高兴得手舞足蹈。在缺少儿童玩具的时代，这些昆虫给我们带来多大的欢乐啊！

到了夏天，蝉就活跃起来了，它们趴在树上“知了、知了”叫个不停，整个夏天都是伴随着蝉的歌唱度过的。蝉是它的学名，北京人都管它叫“唧鸟儿”，可能就是说它是“唧唧地鸣叫，像小鸟一样会飞的虫子”吧！我倒觉得这个名字真是观察得准确形象，如果四合院听不到唧鸟儿叫，那简直是寂寞的夏天啊！我曾爬着梯子上树，顺着声音想逮一只，哪知这个小东西警惕性极高，本来兴高采烈地大叫着，忽然一停，扑棱就飞到别的树，或更高的枝上叫去了，我白忙活了。长大后读到虞世南的诗“垂緌（蝉）饮清露，流响出疏桐。居高声自远，非是藉（借）秋风”。虽是昆虫，却也赋予了人的清高品德，我深以为然。那时也有孩子在长竹竿顶上涂上鳔胶（动物胶）去粘，有成功的，可失败的多。我们夏天的快乐，就在这和昆虫相伴的玩闹中留下了。

唧鸟儿在成长过程中是要脱壳的，书面语叫蝉蜕，这棕色的半透明的东西可是个宝，有疏散风热、明目的药物作用。有些民间艺人把蝉蜕做成小毛猴，打扮成各行各业的人物形象。我姑姑从隆福寺庙会买回来一套用蝉蜕做的小毛猴工艺品，其中有挑担卖菜的、卖糖葫芦的、磨剪子磨刀的，还有各类京剧人物。小巧、精致、滑稽，全家人都很喜欢，一直放在客厅多宝槅中供大家欣赏，几年都不走形，不变样，不褪色。

从惊蛰到秋后，院子里小昆虫五花八门，我们戏耍玩闹的兴趣也是日新月异。还有那数不清的蝴蝶、蜻蜓、蟋蟀等，都是我儿时的好朋友。欢乐的童年，在昆虫们的陪伴中度过，想起来也是回味无穷。

草间活物（二）

我家有两架葡萄树，每年深秋时节，都要刨坑，先把葡萄树的藤蔓枝条盘接起来，然后用绳子捆绑，缠紧后埋入地下。否则，它就会在严寒的冬天冻死。等到了惊蛰过后，还要把葡萄藤条刨出来，搭在葡萄架上，用绳子把主干和架子捆牢。

早在头年的秋天，在葡萄树的枝条上，就有蝴蝶把卵排在上面，一起埋入土中过冬了。天气渐暖，卵开始孵化成幼虫，幼虫在新生的枝条和葡萄叶子上成长，它们吃的是葡萄叶子，个子长得很快。我经常看到七八厘米长的肉虫子，身上白中透着浅绿色，在绿叶中蠕动，看着有些可怕，不敢动它。这些大肉虫子过了不久，就周身裹满了褐色的丝状物，有些像蚕茧一样，把自己固定在了叶子的背面。

经过一段时间，它们发育成熟了，就破茧而出，变成了美丽的蝴蝶。它们扇动着翅膀，在花间草丛中上下飞舞，落在姹紫嫣红的花朵上，用虹吸式的口器，吸食花蜜、果汁、树液、糖饴或发酵物，也吸食苔藓上的清水。从茧化成美丽的蝴蝶，这是其一生中最为辉煌的时期。“化蝶”也就用来形容一个人经过长期的努力积累，最后实现蜕变升华。

我那时刚上小学，不懂这些，只觉得蝴蝶好看，又不咬人。所以每天放学后，在院子里玩儿时，都要寻找机会，抓几只蝴蝶，把它们关在一个大纸盒子中，拿回屋子里玩耍。家里的大人叮嘱我不要伤害它们，我就打开盒子，让它们在屋里飞。玩一会儿，打开房门，它自己就会寻着光亮飞出去。蝴蝶落在花上吸食的时候是十分专心的，只要你轻轻地走过去，用手猛地一下捏住它那美丽的翅膀，就可以捉到它了。蝴蝶翅膀的花纹图案对称，非常美丽和谐，有各种各样的颜色，这是天然形成的，我常常惊叹自然界的神奇。

在花间草丛中，还有一种会飞的尖头绿蚂蚱，我们都叫它“挂大扁儿”。它浑身的绿色和草的叶子十分相似，长度足有十厘米，头部和尾部都是尖的，所以有一句歇后语“挂大扁儿戴笔帽——双料的尖”，用来形容人尖刻不厚道。据传明朝画家徐渭说蚂蚱的头可以当毛笔用，蘸墨写字画画，这当然是玩笑话。我们爱捉它，也是看着

它的样子特殊，没毒又不咬人，形状和颜色都吸引小孩，可以捉住拿着玩儿。我还把抓来的挂大扁儿放进养蝈蝈的小笼子里，喂些草叶给它吃。没想到这个小东西两头长得太尖了，凭着自己身体的细长，一会儿就从笼子的空隙中钻出去逃跑了。逮住它，捏着它的翅膀，看它头上的触须上下摇动，几对爪子不停地抓挠，真比现在儿童的电子玩具有意思多了。玩腻了，一撒手，它立马就飞跑了。后来听生物老师说，它是蝗虫的一种，名字叫扁担钩，专门吃植物的叶子，吃农田的庄稼，导致植物死亡。当然那是农田里大面积的蝗灾了，在四合院里，它就是被孩子玩耍的一种活物。

我家后院的东北角，有一棵巨大的臭椿树，高达二十多米，树干的直径足有六十厘米，树冠覆盖有半个院子大。在其茂密的庇护下，就有了许许多多的小动物。给我留下印象最深的是壁虎，北京人都管它叫“蝎勒虎子”，它的形状十分像小鳄鱼，是属于蜥蜴类的，老人说它是“五毒”（蝎子、蜈蚣、癞蛤蟆、蛇、壁虎）之一，后来上生物课才知道它是没毒的。

壁虎喜欢阴暗潮湿的环境，光天化日之下很少见到它，但在臭椿树边上的墙缝里，常能看到它探头探脑的身影。在夏天的夜晚，我睡觉房间的窗户上、顶棚上，经常趴着几只一动不动的壁虎。壁虎个头不大，从头到尾，长度不过十厘米。长长的尾巴就占据了身长的一半，四只脚底下长着吸盘，能吸住屋顶或墙壁，不会掉下来。它长着三角形的脑袋，一张大嘴，长长的舌头一伸，就把猎物一下子卷入口中了。我对它的外貌不喜欢，告诉母亲说，屋里有蝎勒虎子，我害怕，不肯自己睡。母亲安慰我不用怕，说它不伤人，是专吃蚊子的，有了它晚上睡觉时，蚊子就不叮咬你了。我说，听人说它是五毒之一，它撒的尿能让人中毒。母亲说别听别人瞎说，没影儿的事儿，从来没有听说谁让它毒过，都是因为看它长得不招人待见，不喜欢它才编的。所以后来我和蝎勒虎子和平共处，同室共眠了很多年。夏天夜晚，躺床上无声无息看它吞食蚊子，那速度之

快，就连会飞的蚊子都无逃生之机。有一年夏天，一只蝎勒虎子在地上爬行，我用棍子一扒拉它，它的尾巴就掉下来了，而且这掉下来的尾巴不停地在地上来回扭动，好像没脑袋没身子也能逃跑似的。我专注地看着这能动的尾巴，等回过神来，蝎勒虎子早已不知去向了。原来这是它特有的逃命法，尾巴能掉下来，趁其他动物注意这扭动的尾巴时，它就逃之夭夭了。小小的动物，拥有天生的智慧和身体本能，等过些日子，它的新尾巴就又会长出来。

在花池子的草丛下，在砖瓦堆中或台阶的缝隙处，只要用棍子或铁铲一扰动，就会迅速爬出很多小虫子，其中个子比较大的就是土鳖。土鳖身长约有三厘米，背部是一椭圆弧状的盖子，紫褐色，平时都是把头缩进盖子里看不见，背部分九节，像屋顶上的瓦片一样，排列整齐，前端伸出两根触角，下面有三对脚，总是不慌不忙慢慢爬行。

我不怕土鳖，抓住它后用手捏住它的背部，翻过来看它的肚子。它六只脚乱蹬乱踹地挣扎，我就用缝衣服的线把它拴住，再逮一只，摞起来拴一下，能把三四只用线拴好，像杂技团演的节目“叠罗汉”。一松手放了它们，最下边的跑，驮着背上乱动的同伴，一堆慌慌张张，一会儿就跑到洞穴或沟眼里去了，它们是怎么挣脱

的也就不得而知了。现在回想起来，那时把院子里昆虫、小动物都当成了玩物，有乐趣，也有伤害。

在我小学同学中，很多男孩子也逮土鳖玩儿。有的同学说土鳖是治伤筋动骨的中药材，逮多了中药铺收购，按分量计价。那时有的同学家境贫寒，大家课外捉的土鳖，就都装袋子里封好送给他，他回去用热水焯一下，捞出晾干卖给药铺，多少可以挣点儿钱贴补家用吧！北京人戏称没见过世面，不开眼的人为“土鳖”，那我想对应的就是“海龟”吧。心里还是觉得土鳖亲切。

夏天，还有一种我喜欢的昆虫，学名蜻蜓，北京人管它叫“老琉璃”。它长得很好看，大大的脑袋，一对又大又鼓、像绿宝石一样的眼睛占据了头的大部分，两个大眼珠老是叽里咕噜地乱转。后来看书才知道，它是世界上复眼最多的昆虫，每个眼睛里有两万多个小眼睛，所以上下左右全能看到。

蜻蜓有红、黑、蓝、绿等各种颜色的，北京地区多见的是褐色的，肚子两侧有两对薄薄的、窄而长的透明翅膀，后面细长的尾巴一节一节的，能弯曲。我特别喜欢看它飞，它只有在阴天快下雨时才飞得很低，像一架架轻盈的小飞机。虽然它在院子里的花池、鱼缸上徘徊飞舞，但想抓住它可不容易。一是它眼睛灵活，那是眼观六路啊！二是它动作敏捷，能飞高飞低，还能突然原地回转一百八十度。据说有门学问叫仿生学，直升机就是仿照它的飞行原理设计的。

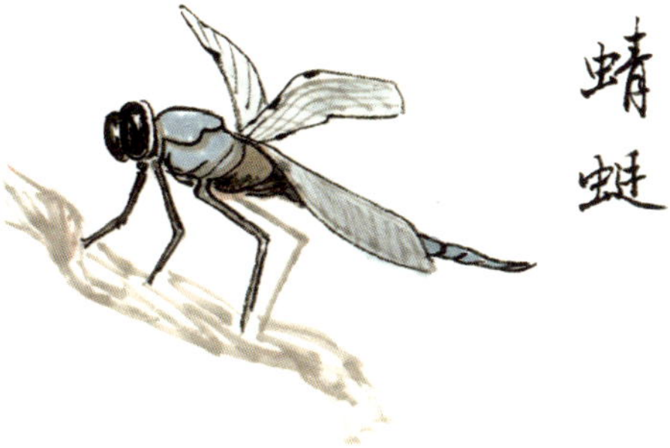

越不好抓就越想逮住它，它喜欢有水的地方，我家住得离阜成门不太远，城外就是护城河了，河两岸水草丰茂，是蜻蜓常流连的地方。星期天约好几个男同学，每人事先拿一根长竹竿，顶部用铁丝捆绑直径约二十厘米的一个圆圈，把一大块家里蒸馒头用的薄屉布或网兜，一头沿铁圈缝上，另一头系紧，就像圣诞老人的帽子一样，逮老琉璃的专用工具就做成了。吃过午饭，扛着竹竿网子，书包里放个盒子就美颠颠儿地出城了。城外一派田野风光，河里流水潺潺，蜻蜓一片一片地在水面上忽上忽下飞翔，时不时用尾巴在水上轻点一下。它的卵必须产在水中才能成活，它的这个动作就是在留后代。于是就有了成语“蜻蜓点水”，形容做事只浮在表面，不深入。

在河中间飞的我们当然不敢伸网子，但岸边也很多，手里的网子把儿长，瞅准一只，跟着它走，看距离合适了，用网子猛一扣，十拿九稳，翻过来轻轻地从网里捏出来，放盒子里，又找下一个目标。边逮边玩儿，到快吃晚饭才回家，鞋湿衣脏，狼狈不堪。把战利品拿出

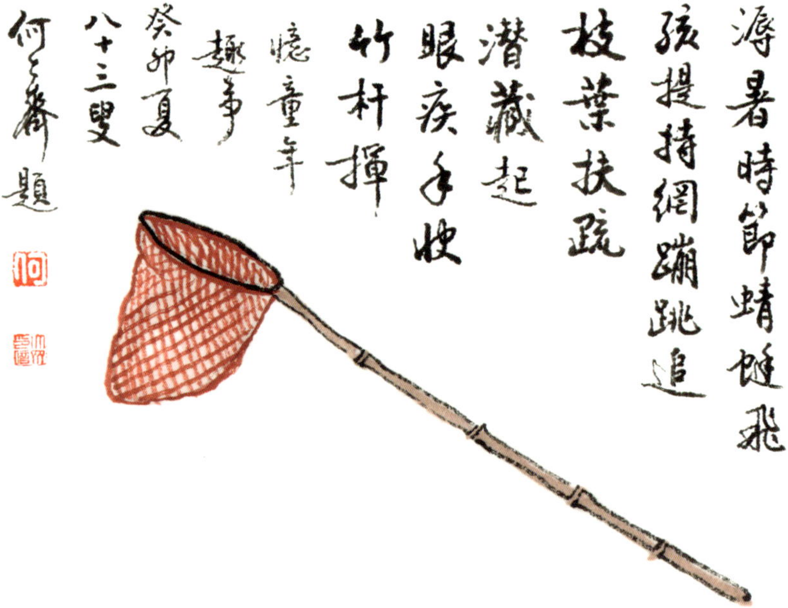

来在院子里向家人显摆，然后用缝衣线小心翼翼地把它们一只只拴在花池里的植物上，还美滋滋地对弟弟妹妹们说：“明天我们一起玩老琉璃！”第二天早上去看，有的飞了，有的死了，活着打蔫儿的也没几只了。

随着城市的发展变化，四合院里的这些昆虫、小动物现在城里已经基本见不到了，有些家长专门带孩子去郊区，找饲养场地去看。我们少了和大自然的接触，少了和自然生灵的交往，留给孩子们的，只能是我们的回忆了。

与鸟共生

世上大多数动物的本能都是远离人类，唯独麻雀、喜鹊、燕子等，不仅没把城市当地狱，反倒是适应了城市生活，把四合院当成它们的家。尤其是麻雀，北京人管它叫家雀儿，一个“家”字，就知它和人类的关系密不可分，它就是院子里我们这些孩子们的伙伴、邻居。

这小家雀儿和燕子不一样，它不是在屋檐下衔泥筑巢。它们只是为了生儿育女，才在房檐的缝隙里下蛋做窝，孵化幼鸟。小鸟会独立飞翔后，到了晚上，就在院子里枝叶繁茂的大树上，聚成一群睡觉。每天清晨，我都是被窗外几十只麻雀叽叽喳喳的叫声吵醒的，它们就好像在说：“起床、起床！别睡懒觉啦！”简直就是闹钟！只要一推开房门，一群正在院子里海棠树、葡萄架上欢快跳跃的精灵，扑棱一下，就飞到高处了，它们一点儿也不怕人，我把屋门一关，就又都陆续飞下来了。春夏秋三季，院子里各种花草树木的种子、果实，毛毛虫、洋辣子等小害虫，都是它们的美食佳肴。吃喝不愁，自由玩耍，吃饱了就叽叽喳喳不停地叫，也不知是得意地唱歌，还是相互贴心地交流，反正院子里有了它们的声音，永远显得那么有灵气。

到了冬天，尤其是下大雪的时候，院子里地面被厚厚的雪覆盖，

麻雀无处觅食，饥寒交迫，我们几个孩子就经常把院子中间的雪扫开，露出地面，撒上些吃剩的馒头渣或小米。麻雀反应可快了，一会儿就飞来一群，一个个小脑袋像叩头一样，上下不停地抖动，很快就能吃得一干二净。有一次，又逢下雪，我扫出空地撒了些吃的，忽然想起，听人说可以用小筐把贪吃的麻雀扣在里面抓住它，就去找了个旧笸箩，放地面上用小棍儿支起半边儿，又在木棍上拴一根长长的细绳子，我手牵绳头儿躲在屋门后，看麻雀专心在支起笸箩的地面上吃，心想一拉绳，笸箩“啪”地落下来，一定会扣住几只。真是想得美，干起来可不容易。刚一拉绳，小棍儿在地上滑动的一刹那，小东西们“呼啦”一下全飞走了，一只也没逮到，地上的吃食还都遗留着，可好一会儿也没麻雀再来了。它们也是有记忆的，人类的危害和关爱，我想小鸟也是有知觉的。

有一天上午，屋门大敞开着，一只麻雀误飞进来，我高兴极了，

赶紧把门关上，心想“这回可逮住你了”。这麻雀就像疯了一样，往门上、窗户上愣撞，大有“不自由，毋宁死”的劲头儿，我看它要玩儿命，赶快打开屋门让它飞走了。后来听养鸟的人说：“家雀儿不能养，真逮住了，放入笼子里它会不吃不喝，上下乱撞，一会儿自己就撞死了。”有首诗形容麻雀的这个秉性，写道：“生来志气共天高，死亦何曾困与牢。人有诸多烦恼事，不如平日尔逍遥。”

后来在“爱国卫生运动”中，误将它定为“四害”（苍蝇、蚊子、老鼠、麻雀）之一，认为它祸害庄稼，所以当时要把它消灭掉。可要抓住它也不是容易的事儿，于是动员全民在全市范围内，竹竿上拴红布条，站在地上、房上、高处位置上摇晃，敲锣打鼓，吓唬麻雀，让它不得落脚休息，只能满天飞，累得精疲力竭，从天上就摔到地上了。记得我当时正在院中，只见一只麻雀“叭”的一声落在我的脚下，躺在地上嘴一张一合地喘气，肚子一鼓一瘪痛苦万状，眼看平日活泼可爱的小鸟就这么咽了气。这让我十分惊恐和难过！所幸这么干的时间不长，科学家就论证了麻雀是益鸟，它主要是吃害虫，将它从“四害”名单中删除，为麻雀“平反”了，院子里又看到它们蹦蹦跳跳觅食的身影了。

我家院子里有一棵巨大的老槐树，至少有二十多米高，枝叶繁茂。在枝杈之间筑有鸟巢，大多是喜鹊窝。每天从早到晚，都有成群的喜鹊飞来飞去，或是站在枝头上喳喳叫个不停。喜鹊的身材比麻雀大得多，从头到尾得有四五十厘米长，羽毛颜色黑白对比强烈，有如国宝大熊猫。它长得很符合中国水墨画和书法艺术所推崇的“知白守黑”的审美意识。给它起名叫喜鹊，就反映了中国人视其为吉祥鸟的观念。从小就听家里大人说“喜鹊叫，喜事到”，这个说法深深印在我记忆中，尽管我也知道，这只是表达了一种人们追求幸福吉祥的愿望，但只要听到喜鹊叫，还是很开心的。有一天，在我书房外的窗台上站着一只喜鹊，还歪着脑袋看我，然后喳喳叫了几声飞走了，我的心情随之非常高兴，大有“畅听喜鹊叫，全天精神爽”的劲头儿。

喜鹊会造窝，雌雄两只一块儿搭建爱巢。为避免地面动物的伤害，它们选择把窝搭在高高的树上。在枝头交叉点上，先叼来几根粗树枝搭好做地基，然后每天都衔回细树枝垒起围墙，到一定高度又搭横梁，最后逐渐封顶，只在侧面留一圆形空间方便出入。它把毛坯房建好，还继续工作，每次飞回来嘴里都叼着棉絮、纤维、草根等柔软的东西垫到窝底部，有时还见它叼些稀泥，它们就像工匠一样，做出的窝安稳、舒适。树枝穿插有序合理，加上泥土粘在一起，形成一个整体，就是刮风下雨也不会掉下来。

雌鸟产蛋孵化期，雄喜鹊就每天出去捕食，回来喂雌鸟，小喜鹊稍大些能飞了，就自己出来找食物吃。院子里树多，像树上的枣，刚长出的小海棠、小苹果等，都是它们爱吃的食物，它们也吃寄生在花草上的各种小虫子。到了冬天，花草枯萎，树木凋零，院子里只有不怕严寒的梅花树上才有花朵，喜鹊就落在梅花树上采食梅花，这场景真真就是“喜鹊登梅”。黑白色的喜鹊和红色的梅花相映，从形象和色彩上看，都是绝妙的搭配，是自然天成的艺术品。所以喜鹊登梅，就成了自古以来诗人和画家的创作题材。如宋朝一诗人写道：“鹊噪梅梢喜报晴，催开几叶砌边蓂（míng，草的名字）。和薰爱日如春日，光动文星映寿星。”如齐白石老先生，就画了很多以喜鹊登梅为题材的画作。民间剪纸艺术家也以此为题材，创作了很多春节窗花的剪纸作品，为过年增添了喜庆祥和的气氛。

每到夏秋季节，只要你站在院子里，总能听到“咕咕、咕咕”的鸟叫声，我听叔叔说，这小鸟儿的姑姑走丢了，它每天到处寻找，并且呼叫“姑姑”，那时我只有几岁，就信以为真了。等我稍大，才知道这种鸟叫布谷鸟，它的名字就是从它的叫声“布谷、布谷”而得来的。

都说布谷鸟是催促农夫赶紧播种的鸟。它催促人播种，自己却很懒。它自己不筑巢、不孵卵，专门把蛋产在喜鹊窝里，喜鹊也分不清这蛋是谁的，就替布谷鸟孵化。我家前院那棵大槐树上有好多喜鹊窝，就成了布谷鸟经常来偷着下蛋的地方，所以每天都能听到它那嘹亮的叫声。

还有一种鸟的叫声好像是“光棍好苦”，十分清晰。那时人们称没有妻子的男人为“光棍”。“光棍”没有妻儿家庭，自然生活就很凄苦，所以又有人编故事说这鸟是失去了雌鸟，没有了家到处呼唤“光棍好苦”。后来我才知道，这是杜鹃鸟的叫声。有人说这声音似是“割麦割谷”，是催人赶快秋收。

老北京的四合院里的树上、房檐下、天空中总有鸟在歌唱、在孵卵、在飞。还经常见到猛禽雄鹰展翅飞翔，成群的鸽子带着鸽哨在院子上空盘旋。一年四季都有鸟儿的陪伴。

一仰头，天上大雁排成行正缓缓地南飞，这是深秋的景色了。

鸟儿成了我童年生活的深刻记忆。不论是在天空自由飞翔的，还是终生在笼子里陪伴人类的，这些精灵，都是我们的朋友。有了它们，院子里的花草树木才显得有灵性；有了它们，这个人类世界才显得五彩缤纷，生机勃勃。

我家的宠物

狗

我童年时有一个最亲密的玩伴，就是一条牧羊犬，它外貌英俊潇洒，比例匀称。身高有六十厘米，身体长有一米左右，是一只中型的狗。它长着白色的毛，黑色的鼻子，深褐色的眼睛，耳朵柔软下垂，眼睛周边和耳朵的毛色是黑的，身上也有一块一块黑色的杂毛。

这本是我姑姑从英国朋友那里得到的一条出生只有几个月的小狗。刚刚抱回家时像一只毛茸茸的小猫，活泼可爱极了，与人十分亲近，我非常喜爱这个小家伙，家里的长辈们都忙于工作，所以侍候小狗的事儿就由我承担了。姑姑告诉我这只狗名字叫汤米，是一个英国朋友给起的外国名字，只要你喂食时叫它“汤米”，它就知道这是叫它，马上就会跑来。那时没有卖狗粮的，都是自己配狗食。狗是杂食动物，喜欢吃肉，姑姑嘱咐我不能喂生肉，不能喂热食，热食能把狗给烫疯了。食物中少放盐，肉和粮食混合在一起煮熟，晾凉了再给狗吃。于是我就找了一个很重的大陶瓷盆，让狗不容易踩翻，还准备了一个搪瓷碗，让它喝水用。每天喂它两顿或三顿饭，一到时间，它

会自己跑到盆里找食，如果到时间了还没给它开饭，它就追着我摇尾巴。因为我照顾它最多，所以汤米和我成了最好的朋友。每当我放学回家，它一定在大门口等着我。前脚扒在门上，鼻子贴在门缝儿上发出“呼呼”的声音，使劲儿闻，以确认是不是我回来了。我一推门进来，它立马扑上来，前脚搭在我的肩上，使劲摇尾巴，摇屁股，高兴极了。我每次都抱住它，轻轻地捋它的皮毛，抚摸它的头，真像久别重逢的好朋友一样。奶奶说：“汤米是你从小把它养大的，它懂事，当然把你当最亲的人了。”所以我始终认为狗通人性，从它小的时候就喂养，能建立起亲人一样的感情。

我家四合院大，汤米可以撒欢地在五个院子中跑着玩，从来不出大门，也不进屋。我用大木箱给它搭了一个窝，铺上旧棉絮，软软的、暖暖的。汤米每天晚上自觉回窝休息。在我看来，狗只是不会说话，但其实它心里什么都知道，充满了灵性。

四合院里花草树木多，自然就有很多昆虫、鸟类以及各种其他的动物，比如猫、黄鼠狼、刺猬、蛇等，狗在院子里玩时常会和这些动物不期而遇。那时流浪猫特别多，它们在房顶上树枝上蹿跳跑闹，尤其是到了春天猫发情的日子，两只公猫为了争夺“女友”，在屋顶上喵喵叫，然后就厮打在一起，经常从屋顶上滚落到地上，这可惹急了狗，蹿上去就扑咬。猫反应特别快，一下子就蹿到树上，趴在树干上，向下看着狗“喵喵”。狗不会爬树，只能蹲在树下，仰着头一边怒视着猫一边汪汪叫。猫一看狗不走，于是一耸身“噌”的一声蹿上屋顶溜走了。汤米眨眨眼，无奈地悻悻离开。

记得有一天我到前院去，汤米跟在我身后，我看见一只刺猬在地上慢慢地爬行，汤米也发现了，跑过去要咬刺猬。刺猬停下脚步，把头和尾弯到一起，成为一个带刺的肉球，狗一张嘴就被扎了一下，用脚一扒拉又被扎一下，无奈地只能围着刺猬汪汪叫，真是狗咬刺猬没处下嘴。汤米的样子真是又可怜又可笑，我怕刺猬扎伤汤米，就找了一把铁锹一铲子把刺猬扔到了屋顶上。

黄鼠狼又名“鸡狼”，因爱偷吃鸡而得名。有一次，一只黄鼠狼蹿到我家后院偷鸡时，被汤米发现了，蹿上去就咬，黄鼠狼掉头就跑，汤米急追不舍，黄鼠狼凭借身材瘦小的优势，一闪就钻进雨水沟的洞里，“扑哧”，放了个救命的臭屁，把汤米熏跑了。

汤米对什么都感兴趣，夏天的晚上花丛中飞舞着无数的萤火虫。萤火虫身长不过一厘米，飞得也很慢，后屁股上有一个小光点，随着呼吸一亮一闪，好像在眨眼。汤米很好奇，上去就用爪子挠，却怎么也挠不着；又蹿起来用嘴咬，还是扑个空。反反复复，上上下下，累得气喘吁吁，我在旁边看着狗抓萤火虫的游戏，觉得真是有趣极了。

有时候早上起来花池子里的花草一片狼藉，估计头天晚上又发生了一场战斗，也许是猫、黄鼠狼，甚至可能是蛇。

我家大街门平常是用门闩锁住的，来人要拉门上的铁环状的拉手，拉动一根很长的粗铁丝，带动一个大铃铛哗哗地响。家人有时候没听到，但是狗的听觉比人灵敏，于是汤米就汪汪地叫起来，惊动了家人赶紧去开门。如果来客是生人，狗不认识他，也会叫个不停。如果他看到来人和主人很亲热地说话，就不叫了，只在后面跟着走。客人进了屋，汤米就蹲在门口看着，好像在旁听主客的交谈。

有好几次三更半夜我被狗的狂叫惊醒，坐起来看，发现汤米正朝前院叫，我想一定有小偷翻墙进来盗窃，被汤米发现了，而小偷发现有狗护院又被吓跑了。

汤米两岁的时候，有一天不知是谁出门没关好大街门，汤米跑出去和街上的一只公狗交配怀孕了，后来生下四只白色的小狗。我看这小狗很可爱，就拿一些不能穿的棉衣垫在狗窝里，让小狗暖和一些。每天喂汤米三顿饭，量也加大了。小狗趴在汤米肚子上不停地吃奶。汤米自从当了妈妈脾气也变了，只要我一靠近小狗，它就护着小狗，冲我龇牙咧嘴，发出低沉的呜呜声。

不久传来不许养狗的通知，大概原因是养狗浪费粮食。不论是街上的流浪狗还是家养的狗，一律用铁棍上带套的工具套走。一天下午，套狗的两三个人拿着工具围追汤米，当了妈妈的汤米在院子里疯狂地逃命，最后被堵在后面的墙角套住脖子，拉出去，扔在铁笼子的车上，四只小狗也给扔进去。不懂事的小狗还趴在妈妈肚子上吸奶。汤米却躺在笼子中一动不动，睁着绝望的眼睛，大大的泪珠从眼中流出。我趴在笼子上看着，心如刀绞，也泪如雨下，可是我救不了汤米。母子五条生命走到了尽头。

我从此不再养狗，因为狗通人性，与人有深刻的感情，生离死别，太让人悲伤了。

虎皮鹦鹉

我家后院有一棵丁香树，树枝上总是挂着一个鸟笼子，因丁香树枝细柔，猫爬不上去，黄鼠狼也够不着，鸟笼放在这里很安全。笼子里有两只很漂亮的绿色虎皮鹦鹉。这小鸟身长有十二厘米，前额和脸

部是柠檬黄色的，脸颊部有紫蓝色的斑点，身上和双翅密布黄色和黑色的细条纹，很像老虎皮色，腰部和肚皮是绿色的，尾巴上的羽毛又尖又长，是蓝绿色。

圆形鸟笼子是以竹条为材料编成的。笼子边框上挂着两个瓷酒盅大小的食罐，一个放小米，一个放水。虎皮鹦鹉啄食带壳的谷子时，会十分熟练地剥去谷皮，吞下谷子。它们喝水的动作很像鸡，低下头探入水罐，吸住水，把头仰起，让水流入口中，一次一次，反复多次才能喝够。吃饱喝足了，就唱个不停，发出的叫声清脆悦耳。鹦鹉随时都可能排泄，为了防止弄脏地面或者落到人身上，每天都要用一张过期的报纸垫在鸟笼子的底子上，一天换一张。

两只鸟经常歪着脑袋，用嘴互咬住，叼着对方的嘴，扳个不停，好像在亲嘴儿。

两只鸟也经常生事儿，它们用钩子一样的喙，叼着笼子上的竹条，用力摇来摆去，每天坚持咬，竹条就被咬断了，我一旦发现，就用铁丝缚在受损的竹条上，时间一长铁丝缚得越来越多。有一天我放学回家发现笼子里只剩下一只鸟，一看竹条被咬断了两根，一只不知踪迹，剩下的一只孤零零的，没精打采，也不吃食不喝水，过了几天就死了。原来鸟失去了伙伴也懂得伤心悲痛。万物都有灵性啊。

另外一只鸟呢，是人喂养大的，没有野生的能力，它又没有鸽子的辨别方向的能力，跑远了找不到家，又没有吃喝，过不了多久也会死掉吧。

我摘下这千疮百孔的鸟笼，只留下一声叹息，是我没有照顾好鸟。养鸟也是让人伤心的事儿啊。

鹅

我有两个姑姑，大姑在北京生活工作，二姑在上海工作。二姑与上海当地人订婚，按北京的婚礼习俗，男方要送聘礼：酒一坛，鹅两只，布料两匹，茶一盒。二姑远在上海，娘家在北京，二姑夫便托在北京的朋友代办此事。一天上午，他的朋友拿着大红封套装着婚书来我家，身后跟着一位挑夫，挑着两个大竹篓子，前面放酒坛、茶盒和布料，后面的竹篓子打开，蹦出两只大白鹅。那年我才六岁，第一次看见鹅非常惊奇。大白鹅脖子长长的，头向上高高扬着，头顶上有红色的大额头，黑色的眼睛，全身的羽毛像雪一样洁白，肥胖的身子下面是两条小短腿，再下面是红色的脚丫，像两把小扇子，走起路来摇摇摆摆，张着嘴朝天“嘎嘎”叫。

两只大白鹅养在后院的木盆里，它们用翅膀拍打水，家里的木盆毕竟太小，没法游泳，我也就看不到“白毛浮绿水，红掌拨清波”的景象，但它们可以喝水戏水，两只鹅玩得不亦乐乎。我每天都把喂鹅当成游戏，鹅喜欢吃青菜、米饭和小鱼，我把母亲做饭择菜时择出来的菜根、菜帮子和一些剩饭装在盒子里端到院子里去喂鹅。鹅见到吃食可欢实了，大口吃着，一会儿就吃光了。奶奶说每次少喂，每天多喂几次，也就是少食多餐的意思。

鹅跟我熟识了，见到我就扬脖子嘎嘎叫。它们对我是欢迎，对别人可就没这么客气了。有一次小院门没关上，鹅跑出来见人就追。鹅和狗有相似之处，就是可以看家护院。黄鼠狼可以偷鸡吃，但是不敢招惹鹅，猫就更不敢靠近鹅了。鹅个子大、力气大、叫声大、胆子大，没人敢惹它。

我就奇怪，为什么结婚送聘礼要送鹅呢?

奶奶在家中年岁最大，看书也多，见识广，我就去问奶奶:“二姑结婚，二姑父为什么要给咱们家送鹅?”奶奶笑着说，这是老年间的老礼了，鹅的祖上是大雁，大雁就懂得守规矩，在天上飞时，长辈在前面带路，晚辈在后面紧随。排着队的大雁，天性就行为守法度，新媳妇儿到婆家也要像大雁一样懂规矩。没法送大雁就用鹅来代替。另

外鹅一公一母终身为伴，永不分离。

听奶奶这么一说，我才明白送鹅原来是为了表达终身为伴的心意和行为有规矩的寓意。我后来听家中其他长辈讲，他们小时候见过的结婚礼仪就有这样的场景：大门一开，有两个十字披红的人，一个手里捧着一彩坛酒，一个手里抱着一只鹅，鹅用红绳捆住双腿，后面跟着新郎。进院上了正房台阶，新郎接过那鹅、酒，安在供桌的左右厢，然后退下去，端恭肃敬地朝上行两跪六叩礼。奠雁是古礼，鹅又名家雁，故用鹅代雁，取其“家室安舒”之意。

鹅全身都是宝：肉质鲜美有营养；鹅肝是高级的食料；鹅蛋又大又好吃；鹅毛可以做服装，保暖性强。而鹅的寿命较长，好好养至少能活二十五年，长寿的话还能活五十年，家里人都舍不得杀掉吃，但又不可能养这么长的时间，后来就送到一个亲戚家去饲养了。

四合院里的游戏

四合院的格局，就是东西南北四面都是房屋，中间一个大院子。院子是人们日常活动、休息的空间，是四合院最精彩的部分，是人和大自然接触的地方，是孩子们嬉笑玩耍的天堂。

我家的院子是比较大的，开辟了几片花池子，种着各种花草和果木树，如苹果树、海棠树、枣树、盆栽的石榴树以及爬架子的葡萄、紫藤等。院中央有个大鱼缸，养着几十条金鱼并长满了水草。随着四季的轮回，花开花落，树叶由绿变黄，“有时三点两点雨，到处十枝五枝花”。院落的宽敞、植物的丰富，也就给小动物提供了生存的空间。家里喂养的有鸡、鸭、狗等。野生动物就多了去了，有黄鼠狼、蛇、刺猬、野猫等随时出没，蝎子、刀螂、挂大扁儿、马蜂、蚂蚁、蛐蛐、蝈蝈、萤火虫、屎壳郎、土鳖等视此为家。人与自然融为一体的四合院，就是我们这些孩子与生俱来的游乐场，我童年时光的消磨、无忧无虑的戏耍，都是依附于这个院子的。正所谓：“儿童不识愁滋味，皆因院内玩乐多。”

叠小纸船

我家院子中间有一个大鱼缸，放在一个莲花石头座上，这个石座有二十厘米高，加上缸体得有一米四五了。圆形鱼缸直径约有一米二左右，里面绿色水草繁茂，一群群小金鱼穿梭其间畅游，它们把嘴伸出水面，一张一合地向人讨要食物。我扒着缸沿儿喂它们馒头渣儿，忽然觉得这就像一片海，有水有鱼，还得有船啊。可上哪儿弄只船呢？想起了手工课上老师教的用纸叠小船的方法。于是我找了一张旧报纸，裁成正方形，先对折四个角，然后再反复折角，再翻转等，最后就折叠成一条带篷子的小纸船了。把它放入大鱼缸，开始还能漂着，慢慢水浸入纸中，变湿、变软，渐渐就下沉了。把这坨子纸捞出来，就想怎么能让船不沉呢？换纸！我找来奶奶香烟盒中防潮的锡纸，和食品外包装的油纸。锡纸倒真防水，叠的小船不沉了，但纸太小，小船成型只有五厘米长，我还想让船在水中载物呢！于是换大张油纸，这下子行了，船叠好有二十厘米长。我去院子墙角专捉些怕水的昆虫放入其中，如土鳖、屎壳郎，它们在船中不老实，刷刷地乱爬，刚要越过船边沿儿，触到水又立马缩回来，急得不停地四处乱窜，但又无法逃出船。我们这些围观的孩子，看着它们不知所措的样子，都哈哈大笑。再看水中的金鱼，露出水面的大嘴等着吃这些虫子，又吃不着，鱼缸里上演着逃生和捕食的喜剧。

入伏以后经常下大雨，院内积水很多，可以没到脚踝骨。我多叠几只小船放入水中，小船随水流漂动。就见一些被淹的小昆虫，如蚂蚁之类的，爬到小纸船上求生。这小船又成了小昆虫的救生船。小纸船不结实，玩一会儿就损坏了，所以就经常叠船，往水里换新的，也练就了我快速、高超的折纸技能。

七十多年后我的叠船技术还在放光彩，只不过异途他用了。每到冬天烧暖气了，我就把葵花子用花椒、大料、盐水煮熟，然后放在暖气上烘干，吃起来又香又脆。盛葵花子的容器，必须是吸水性强、透气性好的材料，还得兜得住放在暖气上不撒。我儿时的技术可派上了用场：用大报纸叠几只长三十厘米、宽十五厘米的大船，船舱底面铺上薄薄的餐巾纸，一只船可容纳一斤湿瓜子。船帮四拢，船上透风，底面热烘，上面翻动，两三天瓜子就干透了。孙子常夸我，说这比外面买的好吃多了。那是："儿时叠船戏昆虫，耄耋无水移他用。只要常怀不老心，时时处处乐趣生。"

自造竹唧筒

一到伏天，院子里树上的"知了（蝉）"总是鸣叫不停，此起彼伏，越闷热它叫得越欢，有时招人心烦。想赶它走，它趴在高高的树梢上又够不着。我想可以用能射水的唧筒把它们赶跑。

说干就动手。我家前院靠墙有一片小竹林，有的叶子变黄了，我就用菜刀从根部砍断，用小锯割下一节，切下的这段直径约三厘米，长三十多厘米。我先用手摇钻在竹节封死的那一端平面上钻一个小孔，然后找一根长竹筷子，用小刀在一头儿刻出相距不远的两道沟槽，找一些旧布条缠在筷子头上，用小线分别在沟槽上勒紧，防止拉动时打滑脱扣。把这带布头的筷子，插入竹筒另一头的敞口，布和筒壁严丝合缝，筒前端就形成了真空。放入水盆里往外一拉筷子，水就从竹筒前面的小孔吸进筒内；把筷子往里一推，水就从前面的小孔中滋出去，如果推的力量大、速度快，可以滋出十几米远。当时男孩子都可以自己动手做唧筒。我把它吸足了水，顺着蝉鸣的叫声，找准了位置，用力一推，就像射出的子弹，“嗖”的一下子，水流直冲出去，还真管用，树上的叫声立刻停止了。稍停，旁边又响起来了，继续战斗，我知道“知了”是驱赶不尽的，这只是又一种玩耍而已。

有时看到墙上趴着的“蝎勒虎子（壁虎）”，用唧筒一滋，它立刻逃窜，钻进墙缝里去了。拿着这唧筒，心里有种战士拿着武器，雄赳赳的感觉，所以难免就要淘气生事儿了。几个孩子，人手一只唧筒，从大鱼缸里吸足了水，开始打水仗。互相追逐，奔跑滋水，人人都像落汤鸡，院中泥泞湿又滑，真是不管不顾玩疯了。直到闹的动静太大了，被屋里大人发现，训斥一顿，也就悻悻地收兵了。

弹弓子

四合院中经常能看见黄鼠狼，有句歇后语说“黄鼠狼给鸡拜年——

没安好心”，是因为黄鼠狼喜欢吃鸡。有一年我家养了几只鸡，早晨去上学，看到一只鸡卡在大街门的缝隙中，鸡头不见了，这一看就知道是黄鼠狼干的。我在院里见过它，身体细长，棕黄的皮毛，尾巴特别粗壮，行动敏捷，跑得贼快，有个小洞就能钻进去，很难对付。而且它还有一绝招，危机时刻能放臭屁，把人熏跑。它以为人奈何不了它，但我想弹弓子就可以对付。于是我找到一根很粗的铁丝，北京土语称为“豆条”。我用钳子把这豆条从中间对折，再把上半段两根弯成丫杈形状，在顶端窝两个小弯头。再把家里废旧的自行车内胎，剪成两厘米宽的皮条，用铁丝绑在弯头上，再找一块小皮子，左右各铰一个洞，把皮条穿过，捆紧，弹弓子就大功告成了。可以用小石头子儿做子弹，但这么多小石头子儿并不好找。于是我就用黄土和泥，用双手揉搓成一个个小泥丸，晾干后，在外院大人看不见的角落里，把泥丸放在干树枝中点着烧，就像烧砖一样，等火灭了从中间拣出泥丸，真和砖头一样硬。我在外院没人经过的墙上画个圆圈，把泥丸夹在皮子中间，往后使劲一拉，皮条拉长，一松手，泥弹射向墙面。但一开始老是打不到圆圈里面，我就没事反复练，很高兴又找到了一个玩儿的项目，乐此不疲，后来练得基本能打准了。在暑假期间，我就随身带着武器，经常在黄鼠狼出没的地方玩儿，时刻准备着，一见黄鼠狼露面，开弓就打。黄鼠狼跑得快，瞄准目标必须得有个提前量，一弹弓出去，照着头部打，往往打在它的屁股上，它放个救命屁，钻入雨水洞里逃跑了。我还用弹弓打过刺猬，这东西行动慢，好打，但它浑身是又长又硬又尖的刺，打到它，立刻就缩成一团不动了。过一会儿，听听周围没有动静，撒腿就跑，我们其实都在旁边静静地看着，不去捉它，只是看它慌里慌张的样子好玩儿。那时北京野猫特别多，在房顶上追跑打闹，喵喵乱叫。尤其闹猫的时候，那叫声都瘆人。我也不瞄准，往猫叫得凶的地方，一弹丸下去，猫就一哄而散，过一会儿又恢复原样了。

弹弓子虽让我威风凛凛，但真是个危险的玩具。有一天下午，我发现房檐下有个大马蜂窝，我不知深浅地一弹弓下去，马蜂“轰”的一声，到处乱飞起来，吓得我撒腿就跑，“噌”一下子窜进屋里，关紧门窗，只见一片马蜂在屋外上下寻找攻击对象，才知自己闯大祸了。如果谁要不知情正好从这儿经过，那肯定得被蜇伤。长辈知道此事，训斥了我一顿，把弹弓子没收，再也不准玩儿这东西了。

滚铁环

那时男孩子都爱玩儿滚铁环，有的是自己做的，我玩儿的这个，是父亲给买的。这是个运动型玩具，因为要玩它必须快速奔跑，也就起到锻炼身体的作用了。

这个滚铁环是由两个部件组成的。一个就是铁环，它是用粗铁条弯成一个正圆形。它有两个要求：一个是必须滴溜儿圆，有一点儿不

圆推起来会上下跳；二是平放地面时不能有一点儿翘起，道理就像自行车车轱辘，不能“瓢”，有一点儿不正推起来会左右摆。所以别小看一个铁圈，加工是有一定难度的。可以在大铁环上套四五个小铁环，再用电焊枪焊上接口，并且打磨平整，大铁环一转动，小铁环就在上面发出碰撞的哗哗声，主要是起娱乐声响作用的。第二个部件是一根二尺多长带木把的弯钩子，前头的弯钩子，钩在铁环的后下方，推着铁环向前滚动，还可以控制滚动的方向。跑得越快，滚动得越稳。几个男孩子，经常在院子里用粉笔画好长长的界线，举行推铁环比赛，比跑的速度和控制铁环的平衡能力。上场的聚精会神，跑得汗流浃背；旁边观战的摩拳擦掌，欢呼雀跃。有时大人也出来笑眯眯地在旁边看着，给叫好！“铁环哗哗响满院，手脚并用眼瞪圆。输赢本是寻常事，嬉笑快乐体矫健。”

跳马、撞拐

在院儿里常玩的游戏，还有很多不用任何玩具，只用自己身体的动作，就可以完成的，“跳马”就是其中之一。这个游戏的玩儿法是一个孩子双手按着膝盖，弯腰九十度，后背像马的背部；另一个孩子从两米外开始助跑，双手按着弯腰孩子的后背，弹跳起来，双腿劈开，从背上蹿过去，双脚落地站稳。这就是学校里体育课上跳鞍马的分腿腾跃动作，只不过学校里有鞍马箱，而我们在家里玩儿，就是以人代马了。

玩儿的时候往往是好几个孩子一起玩儿。比如五个孩子，其中四个孩子排成一排弯腰当马，最后一个孩子连续跨过四个马背，然后他立刻排在前面弯腰，由最后一个弯腰的挺直接着跳，就这样轮流当马，又依次当跳马人。在自己院儿里玩，孩子年龄大小不同，个子高矮差得多，所以经常发生一些笑话，为游戏添了“节外生枝”的乐趣。

比如，因为我们孩子年龄不同，可差出四五岁，个头也就差多

撞呀撞撞倒你躺在地上流鼻涕
题撞拐

了，体重肯定也不一样，年龄小、个子矮的就吃亏。六岁的弟弟，要跳过个头高的十岁的哥哥，往往跳得不够高，一下子骑在哥哥背上，哥哥马上一挺腰站起来，本来是跳马，一下变成人驮人了，大家哄堂大笑。再比如，哥哥身高体重，在跳弟弟这匹小马时，双手一按，就把他按趴在地上了，两人都摔一跤，躺地上也顾不上磕的伤痕，反而觉得能躺在地上，改变视角看天看人，是非常好玩儿的事。那时都是多子女家庭，母亲要顾全家人的衣食，非常忙碌，所以就是大孩子带小孩子在院子里玩儿。大孩子有了照顾弟弟妹妹的责任，小孩子向哥哥姐姐学习有了榜样，身教重于言传。有了大大小小的孩子，院子里永远生龙活虎，一派活泼、祥和的气氛。

我们男孩子还爱玩一种游戏叫“撞拐”。两个男孩子面对面站立，单脚着地，抬起来的那条腿向后弯曲，或横过来用手抱住小腿，单腿蹦，用弯腿的膝盖撞对方的膝盖。如果对方被撞后，站立不稳了，打弯的那条腿落地或摔倒了，就被认定为输了。五局三胜，最后的赢家会一边撞，一边嘴里得意地唱：“撞呀撞，撞倒你。躺在地上流鼻涕。”当然这游戏也是大个子的占便宜，所以经常会有意识地让着小些的弟弟。这些玩乐都是会让人摔倒的，青砖硬地，所以腿、身上、胳膊上经常是青一块紫一块的。大人不管，孩子也觉得正常，这就练出常说的“皮实”了。

踢毽子

踢毽子是男女孩子都喜欢玩的，但以女孩子居多。我小时候，毽子都是自己做，这个过程我也不知为什么叫“庖毽儿”。后来查字典，知道这个“庖”字有制作的意思在内。那个年月家里很容易找到铜钱，圆形中间一个方孔，上面还铸有“同治”“光绪”的年号。两个铜钱摞起来用，这是底托儿。家里养着鸡，在鸡窝找几根长一点儿的公鸡尾毛，颜色要不同，花插着搭配好看。如果找不到合适的鸡毛，姐姐就让我去鸡身上拔毛。我悄悄靠近瞅准的鸡，用力猛一拽，吓得公鸡跳起来嘎嘎乱叫，扑棱着翅膀赶紧逃跑了。长长短短的鸡毛凑齐了，长的放中间，短的放四周。用一块结实的布条，中间剪一小孔，把两个铜钱对准小孔，布条从底面翻过来，既固定了铜钱，上面也留出了捆鸡毛的紧扎部位，把鸡毛插入布和铜钱的孔，用小绳捆紧，这毽子就做好了。毛挺立，底托平，上下连接瓷实。做得好不好，大家总要评论一番，当然我做的总是末位，经常一踢就散，但为她们薅鸡毛的工作，是非我莫属的。

踢毽子主要用脚，也可用膝盖和脑门儿顶，这里是有很多技巧的。左右脚都可以踢，还可以用脚尖儿，用脚的内、外侧，还可以跳起来用脚底踢，称为倒踢紫金冠。那真是花样翻新，随心所欲，见机行事，没有一定之规，直到踢起来没接住，毽子落地为止。谁踢的次数多，谁就是赢家。那是“兜里揣个毽儿，逮谁比几下儿”。而且一

一個毽
踢兩半
打花鼓
繞花綫
裏踢
外拐
八仙過海
九十九
一百
踢毽子

边踢一边唱:“一个毽，踢两半，打花鼓，绕花线。里踢外拐，八仙过海，九十九，一百! ”

这得解释一下这首孩子几乎都会唱的踢毽儿歌。“里踢外拐”，说的是用脚的内侧和外侧，交换着踢出花样来。“八仙过海”是歇后语的上半句，下半句是“各显其能”，说的是踢时要各人显露自己的本事，是见机行事的能力。“九十九，一百”，是计算你踢了多少次。我小时候那会儿，由于老在户外活动，孩子们的手脚动作都很灵敏，超过一百次毽子不落地，那简直是轻而易举的事儿。什么时候没接着，才算结束。一个人踢，旁边一群围观的孩子大声呼叫着数数，踢的人更来劲了，数的人也连蹦带跳，院子里好不热闹。

闷热潮湿的暑假几乎天天都在院子里玩儿，女孩子用粉笔在地上画几条线，就可以比赛“跳房子”；用碎布缝个六面包儿，装上沙子，就可以几个人“拽包儿”；男孩子爬树，熬鳔胶用长竹竿粘“知了”，扇洋画，拍三角，抖空竹，放风筝，斗蛐蛐，玩屎壳郎拉大车，弹玻璃球……可玩儿的简直太多了，好像每天都有新花样。母亲笑着说我们是:“吃不完的饭，忙不完的事儿。”诚如所言。不用花钱买玩具，在玩儿的过程中，自己就想出了很多办法，一个夏天在院子里玩儿，就能锻炼想象力和创造力。转眼七十多年过去了，儿时快乐的时光还时时在眼前闪现。

四合院里的冰雪游戏

漪澜堂滑冰

由于二〇二二年中国举办冬奥会的缘故，冰雪运动也吸引了人们更多的注意力，这不由得使我想起我小时候，在北海公园、什刹海溜冰的往事。老北京人管滑冰叫溜冰，七十多年前，北京的冬天比现在冷得多，寒流一来，气温可以降到零下二十摄氏度，凡有水的地方都冻成了冰。我看工人从护城河里采上来的冰，得有一尺多厚。而且结冰期长，所以喜欢滑冰的人可以尽情地在冰上玩儿两个来月。

我家住得离北海近，徒步走一刻钟，跨过金鳌玉栋桥，绕过团城，就到北海前门了。进公园过桥往左拐就是双虹榭，再往左二百多米，就是最大的漪澜堂滑冰场。

当时滑冰鞋有三种类型：速滑冰刀鞋，冰刀是直的，长度大约有四十厘米，刀比上面的鞋长出一大截，可以滑得快而稳；冰球鞋，冰刀也是直的，但是比较短，大约三十厘米长，便于打冰球时急转弯、急刹车；花样冰刀鞋，冰刀短，头部向上弯曲，而且带锯齿，可以做各种花样动作，冰刀立起来还可以在冰上旋转。

穿速滑鞋的人大都穿紧身的运动服，戴毛线织的鲜艳的绒球帽，围着大长围巾，身子向前弯，双手背在身后，双腿交替向后用力踹，在冰场最外圈闪电似的飞驰而过，看着真是太神气了。

冰场中间是花样滑冰的舞台，他们做着一些优美而高难的动作。一会儿正滑，一会儿倒滑，一会儿旋转成“8”字形，还能一跃而起，在空中转圈儿，再轻松落到冰面继续滑。冰场上总播放乐曲，这时就有男女朋友在冰面上跳交谊舞，两人的动作配合得十分和谐，刀刃在冰面上滑出与乐曲节拍一致的“哗、哗、哗”轻柔的声音。这都是冰场上的高手，后来我在电视连续剧《四世同堂》里重温了这场景。

第三类，也是大多数的，就是我这样的，喜欢玩儿又滑不太好。那时我有一双花样滑冰鞋，每次去滑冰，都是把两只鞋的鞋带拴在一起，背在肩上，一只在胸前，一只在后当啷着，这是当时去滑冰场的人的“标配”。到了北海漪澜堂，有专门磨冰刀的摊位，冰刀用一段时间不快了会打滑，所以有专门的磨刀师傅，双手拿着冰鞋的两头，在砂轮上磨，火花四溅，发出“喳、喳”的刺耳声音。我当时的水平也就只能穿上冰鞋跑，不会做花样动作，有时也要摔倒，滚得一身冰碴子。回到家总有长辈笑眯眯地看着我问：“今天又摔了几个跤啊？”虽摔犹荣，乐此不疲。

打雪仗、堆雪人

冬天里玩冰雪，大多数时间还是在家里。早晨起床，抬头一看窗外，哇！天地一体，白茫茫一片。走出房门，白得耀眼，静得一点儿声音也没有。我试着喊一声，声音也显得很小，似乎来自远方，这是怎么回事？声音好像被吸走了。后来我才知道，雪下得太厚了，声音就会被松软的雪层吸收，而不能反射回来。我们几个孩子蹚着一尺多厚的雪，在院子里撒欢儿地跑，双脚没在雪窝里。低头弯腰双手攥一个雪球，互相拽着往脖子里塞，或者分成两拨，开始打雪仗。每个人都是脸蛋儿、双手冻得通红，简直玩疯了。头上、身上全是白雪，一不小心，雪球落在脸上，满脸开花，就成了白胡子老爷爷，大家互相看着，乐得直不起腰来。那真是充满乐趣的季节，充满笑声的院子。

院子里原来平整洁白的雪地，在我们的疯闹中被踩得坑洼不平，一片狼藉。我们几个孩子商量一下换个玩法，开始找木板推雪，把雪推起有一米多高的窝头形的大雪堆，用板子、用手使劲拍，让它变得瓷瓷实实的。再用雪攥一个小雪球，把它放到地上滚，越滚越大，直到像篮球那么大，把它按在雪堆的顶部。雪人的身子、头有了，开始给它整容。我找来两个黑煤球当眼睛，姐姐上厨房找一根胡萝卜插上当鼻子，妹妹又不知从哪儿找来一个弯弯的红辣椒，按在嘴的位置，还往上翘着，它立刻高兴地笑了，五官端正精致。我摘下自己头上的天蓝色毛线帽，给雪人戴上，弟弟又回屋找出一双旧棕色的皮鞋插在雪人脚下。我们围着它左看看右看看，好像还少点什么，姐姐又拿出她心爱的花格红围巾，往雪人脖子上围一圈。嘿！太漂亮了，色彩鲜艳，表情萌萌的，可爱极了，我们赶紧喊出大人，全院子的老小都围着它哈哈笑，在寒冷的晴空下，享受着大自然带给我们的欢乐。

四合院里泼冰场

大雪过后，房顶上的积雪就慢慢融化，雪水顺着房檐往下流。天气太冷，流的过程中就又被冻上了，一边流一边冻，就形成了上粗下细的冰锥，一根根挂在屋檐下。正对着上面的冰锥子，地上也必然有一个尖朝上、矮小一些的冰锥子，上下遥遥相望。如果这时手上有水，一拉门的把手，手就会粘在金属的把手上，如果再猛地甩手，好家伙，手指的皮就会被粘下一块来。这种鲁莽的事我就干过，手也多次受过伤。

在这滴水成冰的日子，我们这些孩子商量，还不如在自己家外院西南侧平日没人去，太阳又晒不到的砖地上，泼上水，自己造一个冰场！说干就干，为了玩儿的事，大家都奋勇当先。

我们先清理一下地上枯黄的杂草，把地面扫干净，打一桶桶的水往地上泼，泼上几桶，过一会儿，就结成薄薄的一层冰了，等冻瓷实了，再泼第二遍。如此反复地泼水，待冰结成有两厘米厚时，就差不多了，一个长六七米、宽两米的小小袖珍冰场，就大功告成了。

穿上冰鞋试滑了一下，还不错，很顺溜，就是滑两下就到头了。如果不留神，还会撞到西屋窗下的台阶上，坐一个大屁股蹲儿。要是花样滑冰技术娴熟的话，是可以在这十几米的空间里旋转的，可我们哪有那么好的技术啊！我又想出一个新玩法，找了一个吃饭时孩子用的小椅子，高三十厘米的样子，有靠背，四根木头腿儿，拿来在冰上一推，有些涩，我就找了四个老铜钱，把椅子翻过来，在每条腿底下用秋皮钉（一种小铁钉，四棱形的，钉帽儿大，钉鞋专用的），紧贴铜钱中心方孔的四个角钉，四个钉子帽儿就把铜钱压结实了。一条腿儿钉一枚铜

钱，相当于给椅子穿上铁鞋，滑起来十分流畅。大家轮流坐椅子上，用脚一踹，椅子刺溜一下就滑出好几米。坐在椅子上的人也可以手拄两根灶台上的火通条，往后一杵，椅子就自己往前滑了。因为冰场小，拐弯的时候，速度快了就会翻倒在地。爬起来一身湿漉漉的，一会儿衣服也结了冰，像穿了冰铠甲。尽管戴了手套，手也冻得和胡萝卜似的。大人那时都很忙，也不管我们，只要好好玩儿不生事儿就行。

放寒假了，我们最欢乐的就是在自制冰场里撒欢儿，一玩儿就是几个小时。冰面上会有碎冰屑，用笤帚扫干净，再泼一层水，又成新的了，保养得好可以玩一个寒假。这一冬天，整天室外疯玩，吃得也多，还都不感冒。开学后老师同学都说我们长高、变结实了，那正是"天寒地冻有欢乐，冰雪运动健体魄"啊！

春夏的特色饮食

提到老北京的民俗风情，总会让人联想到多如牛毛的胡同，和一处处坐落其间的四合院。这样的居住环境，必然会影响人们的生活方式和习俗。北京的四合院，就是北京人形成特有的饮食习惯的土壤。

春节过去不久，就到了立春节气。北京冬天寒冷，菜品极单调，能有窖藏的大白菜、土豆就不错了。这春天一到，满目生绿，能吃一口水灵灵的嫩芽，该是多大的期待啊！宋朝诗人晁冲之在《立春》里写道："巧胜金花真乐事，堆盘细菜亦宜人。"老北京人讲究"咬春"，就是要吃春天刚长出的植物嫩芽。我当然就要在院子里，在那些花草树木中，去寻摸宜人的"细菜"了。

在我家前院种着一棵花椒树，开春就从枝杈上长出小芽，过几天，小芽就长成了淡绿色的叶子。我听祖母说，这花椒嫩芽可以食用，非常好吃。我就在够得着的地方采下一笸箩，端到厨房给母亲。

只见母亲先在灶上煮锅清水，待水开了，把花椒叶倒入焯一下，再用笊篱捞出来晾凉，然后用刀切碎，放在盆子里加白面、水、盐搅拌成糊状。炒菜锅里倒入花生油烧热，冒烟后用勺子舀一勺糊糊倒入油锅，只听“刺啦”一声，油立刻沸腾起来。一勺一勺不断往里舀，一块一块不断夹出锅，放盘子里稍凉，夹一块放进嘴里慢嚼，外面焦脆，里面绵软，花椒独有的香味蹿鼻子，新鲜植物散发出的清气满院飘散。这个味道直到今天都记忆犹新。

前些年到郊区农家乐吃饭，也有炸花椒叶的，都是整根裹面炸，也很好吃，但总觉得比母亲做的少点儿味道。我想一个是因为院子里是现摘现炸，食材好；另一原因，可能那时吃的是我从院子里树上摘的，母亲亲手做的，正是“织手搓来玉色匀，碧油煎出嫩黄深”，食物的味道也会融入记忆。

我家后院有一棵大榆树，每到春天，先长叶，再长紫红色的小花儿，花谢后长出榆钱儿。榆钱儿是浅绿色的，圆形中间鼓起来的是榆树的种子，一串一串的形状像铜钱，故而得名。这榆钱儿可也是美食，而且榆树在北京胡同里、院子里随处可见。到这个季节，孩子们

都爱撸下一把榆钱儿，放到嘴里慢慢嚼，又甜又香，中间的种子很有韧性，一咬，“咯吱咯吱”柔滑得很。

每到此时，我都摘下很多送到厨房，母亲可以用它做出很多好吃的，常见的有白面蒸榆钱儿、榆钱儿炒鸡蛋、榆钱儿窝头、榆钱儿馅儿、榆钱儿酱等。记得那年又是这个季节，我又照例摘一大堆，母亲说：“今天我给你做个新花样吧，用榆钱儿熬粥。”只见她把榆钱儿都仔细清洗，把小花柄择干净，然后烧火坐锅，在锅里先倒入花生油，煸炒蒜末、大料，待炒出香味后捞出。接着加入开水，放入洗好的大米，煮一会儿，加入切碎的胡萝卜丁儿，看粥差不多熬黏了，最后倒入洗好的榆钱儿，端锅离开火，加少量盐，再盖上盖子焖一会儿。

我迫不及待地在锅边转来转去，度时如日地等着。终于，母亲打开锅盖了，哇！太香了！太好看了！白米粥上混杂着胡萝卜的点点红，上面一层榆钱儿片片绿，先不说吃，光看就让人垂涎欲滴。盛一碗，吃一口，米的香味、胡萝卜的绵软、榆钱儿的清香，加上淡淡的咸味，什么都不就，我能喝两大碗！这真是大自然送给人间的美食，甭说我这凡夫俗子，就连宋朝大文学家欧阳修喝了此粥都留诗道：“杯盘饧粥春风冷，池馆榆钱夜雨新。”

提起“咬春”，北京还有两种食物是必吃的：一是春饼，也叫薄饼；二是春卷。关于春饼，我已专门写过一篇文章介绍了，在这里就不赘述了。说说春卷吧！

春卷和春饼是不同的两种吃食，春卷是油炸食品。先要用温水和面，揉成光滑湿润、不粘手的面团。放在案板上搓成长条，再分成大小均匀的小剂子，每个剂子上刷油，待饧一会儿后，把每个小剂子擀成大小一致的面饼，刷一层油叠放一个，重复操作之后，圆面饼就变成一摞了，用擀面杖再擀薄一些。由于中间刷了油，所以不会粘连，放入大锅蒸透，开盖取出，趁热将每张面皮撕开，这样一张张薄如蝉翼的春卷皮，就制作完成了。

春卷的馅儿一般用鲜猪肉和刚割下的头茬韭菜，再加上自己家发的嫩豆芽。把肉馅拌好，先放在面皮中心，摆成一横条，韭菜切成一寸多长，豆芽不切，都码放在肉馅上面，把两边的面皮儿一卷，首尾折叠，用稀面糊把接口的地方都粘住，一个一个码放好。热锅、热油，把包好的春卷顺锅边入油，用小火炸至两面金黄，捞出控油装盘。大家围坐品尝这刚出锅的春卷，金黄的外皮酥脆，里面的韭菜、豆芽、猪肉鲜美，咬一口，顺着嘴角流汁，真是咬春之美味呀！

荷葉粥

春天很快就过去了，盛夏来临了。北京的夏天，最高气温能到四十摄氏度。大街上的柏油马路都晒软了，脚一踩能留下一个脚印。三伏天的京城就像一间大桑拿房，人人汗流浃背，烦躁不安。

这么热的天，人们都胃口大减，因此有“苦夏”一说。但是热归热，饭还是要吃的。

我家每天都熬一大锅粥，在院门口影壁前种荷花的大池里，剪下一张鲜灵灵的荷叶，盖在粥上，再盖上盖子焖着，等粥凉了，打开锅盖一看，白米粥变成了碧绿色。这可是散热祛暑的上佳食品。从外面跑回来，一碗清香的荷叶粥下肚，立马就神清气爽了。

中午这顿饭，大多数是吃芝麻酱凉面。我小时候吃面条，都是家里自己擀的面条。我爱用手捻“猫耳朵”，所以能经常“自给自足”。

猫耳朵做法是先舀一碗白面，放入盆中加少量的水搅拌，然后用

猫耳朵

手使劲揉，做这个吃食，面要和得硬。看着揉滋润了，盖上湿屉布饧半个小时，这样，面就更有韧劲儿了。接着在大案板上，把面擀成一厘米厚的面片，再各横切竖切，就成一厘米左右的正方形，此时多撒些干面粉，让这些小面块全裹上，以防粘手粘案板。

接下来我大显身手的时刻到了：用左右手的大拇指，按住小面块向前使劲捻，两个猫耳朵形状的小面卷就同时诞生了。我双手不停，越捻越快，此时方能彰显出平日爬树浇花练出的双臂威力。一会儿，一堆猫耳朵只等到开水里游泳了。待它们游酣畅了，捞出多过两遍凉水。夏天吃猫耳朵，必须是吃芝麻酱的，把酱舀小碗里，多次加水调至粥状，香喷喷的芝麻油从酱里析出浮在上面，最后加入适量精盐。紫蒜头剥皮，在杵罐儿中捣成蒜泥；绿黄瓜洗净，在案板上细切如丝。一切停当，那真是：“大碗如战场，猫耳朵为主力军拥上，蒜泥黄瓜香醋聚一堂。大快朵颐，淋漓酣畅，风卷残云慰肚肠。问酷暑佳饭为何物？猫耳朵多放芝麻酱。”

在最热的季节，母亲会想一切办法做开胃的食品，让我们增强食欲。记得那时，她会把杏干、柿饼、鲜藕加葡萄干一起炮制，做成果子干。做好后装器皿里，放大木盆中，用刚打上来的井水湃（冰镇）着。等我们回家，个个四脖子汗流，盛上一碗果子干，都舍不得大口吃，细细品味：凉黏微甜的汤汁，酸酸的杏干、脆脆的鲜藕、绵软的柿饼，入肚真让人全身舒服，汗退热消，那感觉，怎一个爽字了得。

除了这些四合院里做的家常面食、零食，在盛夏时节，只要能吃到凉些的，都是最惬意的事情。所以大街上、庙会里都有卖扒糕、凉粉儿的摊位。小摊儿的桌面上摆着大木盆，里面放一大块冰，冰上盖一块白布，上面放着半透明的白色凉粉儿，木盆里的冰水中泡着扒糕。凉粉儿是绿豆做的，扒糕是荞麦面做的，真是凉快又解饿。

还有几样冷食的售卖也是极受欢迎的，比如卖雪花酪和冰镇酸梅汤的。小贩手拿两个小铜碗作响器，上下敲击，发出清脆悦耳的声音，老北京人管他们叫“打冰盏儿的”。他们有的有固定摊位，也有的推着小车走街串巷进行售卖。

我要是一听院外有打冰盏儿的声音，可高兴了，一定会缠着大人给买些雪花酪吃。一盘像雪花一样的冰碴子，上面浇着糖水桂花汁，吃到嘴里凉飕飕、甜津津，别提多舒服了。

兩個銅
盞相碰撞
胡同街口
響叮噹
一聞此聲
暑氣消
原是冰鎮
酸梅湯
題打冰盞圖

西四牌楼有一家卖年糕的铺子，叫“年糕张”，夏天卖凉糕。清香绵软的糯米，夹着一层豆沙馅儿，吃上一口，沙甜、冰凉。还有冰镇的杏仁豆腐、细豌豆黄儿等，每天都是人流不断，买卖兴旺。

现在超市里蔬菜已不分季节，各种各样随时全有；家家都有大冰箱、空调，夏天祛暑，已不是事儿了。但榆树没了，孩子们已不知榆钱儿为何物。我常想起小时候的老北京、四合院生活，记忆中流淌的是时光的味道吧！

贴秋膘

老北京人一年四季吃什么，都有一个稳定不变的准谱儿，换句话说，就是什么季节吃什么东西。看看饭桌上的食物，那就是二十四节气的皇历。“春雨肥，秋风瘦”，一到立秋，暑气逐渐消退，人们从一夏天的闷热、潮湿、无食欲中可算喘过气来了。吃不好、睡不好、苍蝇多、蚊子咬的“苦夏”日子，对人的身体消耗很大，所以当凉丝丝的秋风吹来时，人的胃口也大开了，首先想到的就是贴秋膘，把夏天身体倦怠、厌食的亏损好好地找补回来。那贴秋膘吃什么呢？我记得小时候家里秋天常吃的有几种食物。

蒸螃蟹

每当农历七月底、八月初，螃蟹就开始上市了。螃蟹有“七尖八团”的说法，意思是说七月尖脐（雄性）最饱满丰实，里面是白色的蟹膏；八月团脐（雌性）最可口，肚内充满了橘红色的蟹卵，俗称蟹黄。这两种都鲜美无比。像宋代诗人徐似道到秋天都情不自禁感叹：“不到庐山辜负目，不食螃蟹辜负腹。”螃蟹也是我们这些孩子翘首期盼的美物啊！

中秋宴上一佳肴红殼八爪一對螯香味飄來
誘人饞红膏白肉細細剔
題食蟹圖 何大齊

我家门口就是黄城根儿菜市场，平日里卖鱼的摊商，到这个时节就都经营起螃蟹了。离家很近的西四牌楼东南角上，有个著名的西四鱼行，里面蟹的品种更丰富，大、中、小分类卖。秋天一到，它也不分“七尖八团”，公的母的全有，随顾客挑选。

那时老北京没听说过什么“阳澄湖大闸蟹”，我只知道有海蟹与河蟹两种，从外观就可以很明显地区分。

当时北京城里吃的大多是河蟹，河蟹以天津附近的胜芳镇出产的最负盛名，所以那时商家都挂出“胜芳螃蟹”的牌子招揽生意，当然其中不少都是冒牌货。那时北京郊区河湖水汊特别多，都是产螃蟹的好地方。很多市场上卖的，其实都来自郊区的温榆河、潮白河一带，与胜芳螃蟹比起来，我感到也没什么本质上的区别。

我母亲买回来的螃蟹都是鲜活的，用马莲叶子拴成一串，青灰色的外壳，口吐着白沫子，尽管被拴着，但那两个大钳子、八只爪子还在挣扎着不停地舞动。放在大盆里，它们挠得铁盆“嘎嘎”响。尖脐的公螃蟹两个钳子特别大，上面还长着黑绒毛，我试着用筷子扒拉，它一下子就把筷子夹住，使劲儿也拔不出来了，看着真是很凶的。

蒸螃蟹前，母亲都是用清水先泡上，说是让它们把肚里的脏东西吐一吐。有一次我好奇，想看看它怎么“横行”，把一只螃蟹爪子上的绳子给解开了，它立刻从盆里爬出来，速度那叫一个快，我赶紧去抓，又被它的大钳子夹住了手，死不松开，待大人帮我挣脱开时，手指都夹出血了，从此可长记性了。所以，它们就得被捆着放入笼屉里。水开了小火蒸十几分钟就可以了，打开笼屉盖，哇！青灰色气势汹汹的螃蟹，已变成了通体橙红、香味四溢的美食。时至傍晚，西天的晚霞还未消退，在正院葡萄架下，摆上餐桌，全家人围坐在一起，桌中央一大碗香醋姜末的调料，每人面前一个盘子，红红的螃蟹安静地躺在里面，等人享用。家中的长辈，这时会烫上一壶花雕，每人斟上一杯。我面对盘子里这又红又烫的螃蟹，仔细端详，它长着蝉一样的眼睛，形状像乌龟，脚像蜘蛛的脚，活着时走路还是横着爬，这样子真是怪怪的，但千百年来，螃蟹却成了人类最喜欢的食物之一。宋朝大诗人黄庭坚边吃边赞叹："形模虽入妇女笑，风味可解壮士颜。寒蒲束缚十六辈，已觉酒兴生江山。"

母亲让我们自己动手去剥吃，开始我真不知从何下手。看着大人们，他们怎么操作，我就跟着学。先掰下八条腿、两个大钳子，再抠掉腹部的肚脐，从后部掀开蟹壳，除去不能吃的两侧的草牙，尖脐的里面白色半透明的蟹膏就露出来了，团脐的是橘红色的蟹黄。这都是螃蟹最精华、最好吃的部分。可以用筷子把肉剔出来，蘸上鲜姜末泡米醋的佐料（这些可以去寒提味儿），放入口中慢慢品味，真是太鲜美了。八条腿和两个大钳子里都有肉，可剥开或用筷子捅出来食用。吃一只是很费时的，但也十分高兴，这是第一顿秋季才可以吃到的贴膘大餐。

烤肉

每逢秋天，家里长辈都会选择一天，全家晚餐吃烤羊肉。在一个微风轻拂的好天气，母亲一大早就到门口菜市场“羊肉床子”（羊肉铺）选口外的羊肉，口外羊就是张家口以北的草原上养的羊。那里是大草原，草的品质好，所以羊的膻腥味儿小。经过漫长的夏天放养，到了秋天羊肥嫩、肉鲜美。和羊肉铺的掌柜说好要“上脑、黄瓜条、三叉”，这些部位是羊身上最嫩的地方，约上四五斤，告诉掌柜这是要烤羊肉用的，让他给切成薄片。羊肉铺有专门切片的大长刀，只见他将一块湿布盖在羊肉上，一手按着羊肉，一手挥刀。四五斤的肉，一会儿工夫就切成薄薄的像纸一样的肉片了。他把这红白相间的羊肉片用荷叶包成几份，放入菜篮子里。

回到家，母亲把葱去皮切成一寸多长的葱丝，把姜洗净也切成细丝，用一个大瓷盆，把羊肉、葱、姜都放入里面，倒上酱油、香油用手抓拌均匀盖上盖子腌制，好使羊肉入味。我在旁边围着看，时不时打打下手，真嫌时间过得慢，就盼着日落西山，能吃到这别致、隆重的烤肉了。

我家有一个烤肉用的炙子，一年也就这个季节用一两次。因为烤肉的燃料是果木树枝，烟熏火燎，不能在屋里吃，可天冷时也不能在院子里吃饭，因此冬日不宜；春天羊肉品质不好，过了一冬又瘦又柴，人们冬天少动多吃，不补还嫌体重会增加，所以春天也用不上；

莫笑貪吃衆生相
家和食美風送爽
題烤肉圖 何大齊

夏天本来就暑热无处躲，当然更不会去吃烤肉了。只有到了秋天，羊肉甘腴，金风送爽，这才是吃烤肉的最好时机，这个东西这时才能派上用场。把它从储物间找出来，上面满是铁锈灰尘，必须认真清洗。这个活儿就由我叔叔包了，他先用细砂纸除锈，又拿到水龙头底下刷洗，最后用布擦干净。

这个炙子最外层是用铁皮焊接成一个圆桶状，高有三十厘米，直径有四十多厘米，用厚铁片焊上四条腿。铁腿的上端窝成一个直角托，托上放一个用厚铁片焊接起来的圆形铁箅子，每根箅子的间距很小，最多半厘米，这是用来烤肉的地方。铁桶的下边也有一个铁箅子，但间距宽些，有两厘米，是放木柴烧火的地方。

好容易盼到天黑了，工作、上学的都回来了。院子中央摆上木方桌，怕铁桶烫着桌面，上面放了一块石板，把烤肉炙子放在石板上，听说果木烤出的肉有果香味，所以我事先就把院内干枯的果树枝都准备好了，大些的早已劈成短木条，把它们放入炙子里下层放燃料的箅子上。这时每个人都备有一双长竹筷子和一个瓷盘，长辈们还要烫一壶黄酒。一切就绪，用旧报纸点燃了果木柴，大火越烧越旺，火苗子从上层烤肉铁箅子的缝隙里冒出，盛肉的大盆放在桌上，一大家人都围在桌子四周。炙子像一口大铁锅那么高，自然人也都站着自己动手去烤肉了，这种吃饭的方式新奇，透着豪爽。奶奶先动手，用筷子夹一些腌渍好的羊肉及葱姜放到箅子上，只听“刺啦”一声，一股白烟蹿起来，肉香四溢，赶快用筷子翻动肉片，不到一分钟，肉一变色，熟了。夹入盘中，趁着这火热劲儿入口，真是又鲜又嫩，如果烤时间长肉就老，不好嚼了。这时大家你一筷子、我一筷子地烤起来，夜晚的院子，火光灯光交相辉映，“刺刺啦啦”响着烤肉声。这种难得一见的吃饭方式，让院子里充满了兴奋不已的孩子们的欢笑声；摆脱了暑热，劳累了一天的大人也放松了，杯盘交错，四周响着朗朗畅谈声。院子里充满了扑鼻的肉香，笑语连天，连我养的那只狗，也兴奋地在我脚边蹭来蹭去，我时不时夹些肉给它，它竟然就趴我腿上不下去了。最后上主食，是一笸箩外面买的芝麻烧饼，再喝一碗小米粥溜溜缝儿，真是周身舒畅！

院子里飘散的轻烟，乌黑的炭火，烧烤的香味，使普通人家秋季的一顿晚餐，变成了一家老小忘情的狂欢节。吃烤肉的气氛是平日没有的，那是超凡的味道、超凡的体验、超凡的享受。正是：“莫笑贪吃众生相，家和食美风送爽。”

炒麻豆腐

西四牌楼东大街，离我家只有几步之遥，路南有一家专门生产粉皮和淀粉的作坊。我常去这家买东西，一进店门，就是生产车间。屋子中间有一个大大的水池子，正对池子的房梁上吊着一个木质的十字架，四角用绳子拴着一个大布口袋，圆鼓鼓的，不断地向大池子里滴水。这里面装的就是刚制成的淀粉，等淋干水分，就成大块状雪白的淀粉了。店主是位矮胖的老头，有要买淀粉的，他就用手掰一块，上称约一下，按分量论价。因为做淀粉用的是绿豆，所以水池子中的水呈灰绿色，这就是老北京人爱喝的豆汁。水池子底部沉淀着灰绿色，像稠粥一样的东西，就是北京人也喜欢吃的麻豆腐了。这是做淀粉的下脚料，就像豆汁一样，不爱喝的掩鼻而过，老北京人是喜欢得爱不释手。因为是做淀粉的下脚料，价格也就很便宜了。

虽然那时老北京饭馆里常年有卖炒麻豆腐的，但一般老百姓家庭还都是自己做。立秋以后适合做，一是天凉了，人食欲也大增了，再就是这绿豆制品下脚料，天热很容易坏。虽说爱吃它的人，喜欢的就是和豆汁一样的发酵酸味儿，但这是天然的味道，不是食材腐坏造成的。

所以，每到秋天，就常有小贩到作坊趸来豆汁和麻豆腐，推车或挑担走街串胡同，边走边吆喝：“豆汁来——麻豆腐！”家里人也都好这一口。豆汁就不用说了，只是这麻豆腐，与豆汁同色同味，但买回来是稠乎乎的，闻一闻有股酸馊味儿，这可怎么吃啊？别着急，经母亲一番炒制，简直成了餐桌上秋天最下饭的菜。

主料麻豆腐不值几个钱，可是配料却十分讲究。首先要准备羊尾油，就是绵羊那个大圆盘的尾巴，里面都是雪白的羊油，买回来切成小油丁儿。还要准备上好的豆瓣酱、青豆、雪里蕻末儿等。把葱白切成段儿，姜切成丝，先把羊尾油丁儿放入铁锅煸出油来，再加入葱姜炒出香味，随后加入豆瓣酱炒匀，这时倒入麻豆腐，一边炒一边加少量的水，勤翻动，一定要掌握好稀稠度。北京有句土语，说“炒麻豆腐——大咕嘟”，在炒制时，要防溅出的汤汁烫着手，所以左手拿锅盖要半虚掩着。快要出锅了，这时加入用水焯好的青豆、洗净切碎的雪里蕻。你再看吧，已经初现雏形：青灰色的麻豆腐，配上碧绿的青豆、深绿色的雪里蕻、白色的羊尾油丁儿，有时母亲在周边还撒上诱人的嫩韭菜末儿。看看颜色，闻闻各种香味，已经让我迫不及待了。这还不算完，母亲出锅装盘，用勺子在中间挖出一个凹槽，用一把铁勺倒入香油，在火上加热，油冒烟后立即加入干辣椒，小火炸出香味，把这一勺红辣椒油“哗”地倒入凹槽中，只听“刺啦”一声，香辣味扑鼻，中间是红辣椒油，盘子周边泛出一圈白羊尾油，红白之间是灰绿的麻豆腐，上面布满青豆、雪里蕻末儿、韭菜末儿。这时盛上一大碗饭，就着这盘有营养、又养眼、又好吃、又解暑热的佳肴，肯定饭都吃得多了。

炒麻豆腐是老北京人饭桌上最寻常的一道菜。一种廉价的下脚料，能做出如此色香味俱全的菜品，也是北京人聪明智慧的产物了。

现在很少有人家炒麻豆腐了。每当秋风又起时，我常常怀念少年时母亲做的，北京人饭桌上独特的炒麻豆腐。听说现在有少数清真饭馆还保留这道菜，天凉了，一定得去尝尝，不只是饱腹，更是回忆了。

冬天里的吃食

七十多年前，那时冬天比现在冷得多，经常有西伯利亚寒流来袭。每到此时，西北风呼啸，大雪纷飞，气温骤降，能到零下二十几摄氏度，在户外，真是滴水成冰啊！

当时我在育华小学读书，教室里只有一个小炉子取暖，门窗四处漏风，穿着厚厚的棉衣、棉裤、大毛窝（家做的棉鞋），还手脚冰凉。中午，顶着大风跑回家吃午饭，一进厨房，热气、饭香扑面而来，好像一下子进入暖窝，缩了一上午的身子，终于可以挺直了。妈妈总是变着花样，给我们做又好吃又御寒的午饭，其中有几样，给我留下深刻的记忆。

热汤面

什么是热汤面呢？其实就是水煮面条，浇汆儿，但妈妈的做法有其特殊性。那时市场上买不到现成的切面，都是母亲提前和好一大块很硬的面团，用湿布盖上饧半个小时，好让面变得滋润，饧好后在案板上撒上干面粉，再反复揉，面团就变得十分有韧性了。用大擀面杖擀成薄片，折叠几次，用刀切成细面丝，抖落开晾在案板上。然后把去皮的猪肉切成一寸多长的细丝，再切好葱、姜丝，把这几样儿放在大碗中，倒入酱油、香油、干虾仁搅拌均匀待用。灶上煮开一锅水，先把面条煮熟不捞出，就用这滚开的煮面汤，将大碗中的佐料倒入，等再一滚沸，马上用长筷子把面条挑入摆好的各个大碗中，浇上热腾腾的汤汁，一碗又鲜又滑润的热汤面下肚，立刻寒气消失，全身发热，脸色红润，胃肠舒服。后来我见外面卖的热汤面，都是一锅煮面，另外一锅做汆儿，白面浇清汤，虽然也好吃，但我还是喜欢妈妈这种面条、汆儿一锅煮的做法，好像面、肉香味更浓。而且是越煮，汤汁就变得越稠了，全家人吃，得连煮三锅才够。我姑姑就最爱吃最后一锅黏稠的，而我就爱吃第一锅清爽些的，各有所好。

后来我父亲买了一台手摇小型压面机，银白色的金属机身，固定在一个六十厘米长、三十厘米宽的厚木板上，有一个手摇长把儿，左面是压面片的双辊子，可以调节厚薄，右边是两个带细沟槽的压面条的辊子。我看妈妈操作，这头把和好的面团放进去，那头就出细细的面条了，简直就是个大玩具。那个年代，街上店铺也没有用机器压面的，所以是个新鲜物件儿，我放学回来，没事儿就自告奋勇干这活儿，玩来玩去，压面片、压面条都很熟练了，还乐此不疲。这种热汤面，就是全家冬季经常吃的午饭了。

煮尜（gá）尜儿

冬天，母亲为了给我们调换饭食，还常给我们做一种又暖身又好吃的东西，就是“煮尜尜儿”。这是用三分之二的玉米面，三分之一的白面，掺和在一起加水和成面团，在案板上撒上干面，用擀面杖擀成一厘米厚的大面片，横向竖向切成小方块，放入盆里加入干面，上下左右像摇煤球一样地摇呀摇，小方块在里面滚来滚去，就变成小圆球儿了，因为摇得用力，面团相互撞击，就紧实，吃着有嚼劲儿，所以它也叫“盆里碰”，名副其实。接着，妈妈把冬天储存的胡萝卜用小礤床儿擦成细丝，加上羊肉片、葱丝、姜丝、酱油搅拌均匀一块儿煨着，锅里水开了，先煮尜尜儿，因为是球状的，所以不容易煮透，得多煮一会儿，再把煨好的东西倒入锅中，出锅前

加盐和香油，撒点儿胡椒粉。嘿！一碗入肚肠，抗饿挡风霜。因为玉米面消化得慢，再加暖胃的羊肉，肚里有食身上也就不冷了，一下午上课都精神倍儿足。这个东西还有个有趣的名字，叫“大喇嘛逛庙”。为什么这么叫呢？因为一多半是玉米面，所以煮出来的汆汆儿是金黄金黄的，汤汁也呈黄色，再加上锅里的胡萝卜丝，煞是好看。而喇嘛都是穿黄袍，喇嘛庙又是黄顶，庙内有红装置等，所以有淘气的孩子就这么称呼了，我想也是一种喜爱吧！煮汆汆儿，和热汤面换换口味，粗粮细做，也是饱腹的佳肴了。

锅贴

锅贴也是冬天常吃的饭食。在我出生前，父亲、母亲都曾在上海工作、生活过几年，所以我家的饭菜常有上海风味的影子。“锅贴”本来是北京的一种家常食品，在我家，母亲一改良，就用了上海“水煎包”的制作方法。

首先是用开水和面，又叫烫面，这样和出的面十分柔软，多用于蒸炸。把猪肉剁碎和葱姜末搅拌做馅，烫面揪剂子，擀成饺子皮，一个个包好。大平底的饼铛里放进猪油，这油是从肉铺专买回的“网子油”，就是猪肚子部位呈网状的板油。买回来切成小块，在油锅中加热熬炼，炼好油后捞出焦黄的油渣，这东西用刀剁碎加上葱花，可以烙成十分香美的油渣饼，也非常好吃。炼好的油就倒入一个大瓷罐

里，等晾凉了，就成猪油了。古人形容美女的皮肤是“肤若凝脂”，说的就是皮肤如这个又细又白的猪油。把这凝脂铲出一小块儿，放入烧热的饼铛中，“刺啦”一声，立刻熔化了。这时把包好的烫面饺子一个个蘸油，按次序排列在饼铛里，一圈圈摆放，码满了一铛，此时铛底的热油发出“喳喳喳”的炸面声，煎一小会儿，饺子都定型了，将一碗放了面粉、水，搅拌均匀的乳白色稀面糊，快速倒入铛中，只听“哗”一声，白烟升起，油水沸腾，再撒入芝麻和葱花，盖严实锅盖焖着，下炸上蒸，过一会儿香味就蹿出来了。锅里开始是“咕嘟”的水煮声，过几分钟就渐渐变成“喳喳”的油煎声了，说明水分已干了，可以停火了。打开锅盖，浓香扑鼻，用炒菜铲子从四周一铲，翻过面往大盘子里一放，嘿！看吧！底面金黄酥脆，上面绵软白嫩，中间是油汪汪的肉馅，几十个饺子都连成一体，黄芝麻、绿葱花点缀其间。那真是：“问世间色香味为何物，怎都让锅贴儿占全。”我常常是迫不及待动筷子，嘴里烫得直哈热气，最后再来一大碗黏稠的小米粥，这顿美餐，堪称是严寒冬日里的风景啊！

牛骨髓油茶

我父亲从来不管家里做饭的事，有一天，他竟然罕见地从菜市场买回几根又粗又长的牛骨头，我看像牛的大腿骨。他用锤子把大骨头敲碎，里面是又粗又长的骨髓，这其实就是牛油。把它们切成段，放入锅中小火加热，就炼出了牛油。把油渣捞出，放进去几碗白面，再几经翻炒，白面呈现出微黄色，这就是炒熟了。端锅离开火眼儿，晾一会儿，到不烫手时，用双手把油炒面攥成一个大面球。我在旁边看着，真想不到父亲还有这一手。因为里面牛油多，就把面凝固住了，吃的时候用小刀像削苹果一样，一层一层地削出薄片，在小锅里用温水澥开，在火上加热，就成了稠粥状的面茶，再加入适量的蜂蜜或白糖，舀一小勺，放入口中，细细品味，牛骨髓油的精纯，和面粉在微焦时散发的麦甜混合在一起，香得直蹿天庭，太好吃了！在庙会卖油茶的摊上我也喝过，但绝对没有这么好吃。父亲告诉我说这叫“牛骨髓油茶”，冬天的早上喝一碗，保证你一上午都不冷，因为牛油中含有大量的热能。这也是父亲给我们这些孩子做的唯一的美食。几十年过去了，我还常常忆起冬日里这特殊的早餐。卖油茶的虽然很多，但因为不是用的真正的牛骨髓油，自然也就没有这个味道了。

现在人们普遍把动物油看成是造成“三高”（高血压、高血脂、高血糖）的食品，避之唯恐不及。我小时候总觉得最好吃的就是动物肉、动物脂肪。吃烤馒头片时，上面如果抹上一层厚厚的猪油，再撒一点儿盐，对我们来说就是美味佳肴，热、焦、酥、脆、香。现在卖的什么热狗、麦当劳和我的烤馒头片比，我当然还是喜欢后者。

但是饮食当随时代，随着口味的改变、健康意识的提高，饭食的逐渐改变也是必然的了。

果子干

几十年前的北京冬天很冷，交通又不发达，南方的水果运输到北方就很珍贵。北方本地产的水果很少，只有冻柿子、枣等能冻耐放的几种。

有一天祖母无意中和我说冬天可以吃“果子干”，并详细告我说是用柿饼、杏干和藕三种冬天可以买到的材料做成的。我一听就来了兴趣，到西四牌楼的干果店买了杏干、柿饼，又去菜市场买了藕。按照奶奶的指点，我先把杏干上的浮土沙子洗干净，把柿饼去底把儿，用手撕成小碎块儿，两样东西都放入一个带盖儿的大瓷盆里，接着把

藕洗干净，切成薄片，放一锅水把藕片煮成绵软状，然后把这锅滚烫的藕汤和藕片，倒入那个放了柿饼、杏干的大瓷盆中，盖严实了，就完工了。接下来把盆端到屋外的宽窗台上，为了防野猫偷吃，还找了个木盒子扣上，上面压块砖头。屋外零下十几摄氏度，就如同放入了现在的冰箱冷冻室。过了两三天，掀开盖子一看，嘿！红褐色的汤汁上结了一层薄冰。用勺子伸进去搅拌，红褐色的液体黏黏的，柿饼软软的，藕片呈粉白色糯糯的，杏干已成半溶化状。盛到碗里一尝，甜、酸、糯全在其中，不用加糖就正合适。我盛上几碗让奶奶和全家人尝，都说味道不错，又酸又甜又爽口，这成了那些年，寒冬时我做的解馋食品了。近些年冬天有时给孙子孙女做，也讲讲我小时候的事，他们也很喜欢吃，只是这个大盆必须放冰箱里了。

二〇一一年，我因为画《烟袋斜街旧影图卷》结识了什刹海边“东兴顺爆肚张”的掌门人张耀兴的老伴李淑琴。这位李老太太是“通州小吃李”家的闺女，继承了通州小吃的真传。她请我在“爆肚张”吃饭，其中就有通州小吃“果子干”，我一尝，真和我做的差不多，但多了些桂花味。她说，里面加了桂花糖汁，所以更香更甜些。

北京的冬天虽然漫长寒冷，不像南方时令蔬果多，但就地取材的美食也多了去了。我写的也只是我家常做常吃的几种，只是回忆童年生活中，一点难忘的趣事而已。

四合院里过春节

我的童年生活在四合院里，一年中最欢乐的时光就是过年。

年前准备

北京一进入腊月，就到了一年中最冷的时候，俗话说“腊七腊八，冻死寒鸦”，又有“送信的腊八粥”一说，意思就是春节序曲就此拉开，人们也开始准备过春节了。我记得当时有一首童谣是这么唱的：“小孩、小孩你别馋，过了腊八就是年。腊八粥，喝几天，哩哩啦啦二十三。二十三，糖瓜粘；二十四，扫房子；二十五，磨豆腐；二十六，炖白肉；二十七，宰公鸡；二十八，把面发；二十九，蒸馒头；三十晚上熬一宿，大年初一扭一扭。”这合辙押韵的童谣，把过大年的时序和内容都概括进来了。

那为什么腊八这天一定要喝粥呢？这主要是从佛教来的。十二月初八是佛祖释迦牟尼成道之日，为了不忘佛祖成道之前受过的苦，便在这天吃杂粮粥纪念。在一千多年前的宋朝，这习俗就已流行了。到清朝更盛，甚至皇帝下旨让往各大寺院送粮，熬粥施舍，还派人监管执行情况。清朝学者夏仁虎先生有诗：“腊八家家煮粥多，大臣特派到雍和。圣慈亦是当今佛，进奉熬成第二锅。”所以腊八喝粥，在北京也是由来已久的习俗了。

我记得腊月初八前两天，母亲就会到市场上，去采购熬腊八粥的食材。主料是米类和豆类，米类有大米、江米、大麦米、黄黏米、小米、薏仁米、菱角米等，豆类有红小豆、绿豆、大芸豆、花芸豆等。还有一些配料，如核桃仁、莲子、栗子、大红枣等。

腊八那天上午，妈妈就要把各种食材洗净，分别装在容器中，摆满一桌子。红、黄、白、绿，色彩缤纷。把灶火升旺，用大号的铁锅注入水，烧到滚沸，把费火不易煮烂的豆类和大麦米先放入，煮到八分熟时，再把不费火的小米、江米、黄米加入。这锅粥越煮越稠，不停地冒泡，粥沫四溅，这时改用小火，慢慢咕嘟，直到又黏又稠又烂，香味四溢时才把锅端下来。中午饭就是以喝粥为主了，每人盛一大碗稠粥，桌上放几个瓷盘，分别放着白糖、红糖、青丝、红丝等配料，每人随自己的口味添加。屋外数九寒天，冷气袭人；屋内人笑逐颜开，热粥下肚，浑身舒服，脸上都红扑扑的，全家人其乐融融。

喝完粥，大家动手开始剥蒜，大蒜先掰成一瓣一瓣的，从底部小心地剥去外面的紫皮。奶奶告诉我们，剥的时候小心点儿，慢慢去皮，不能碰到蒜，否则破的地方在醋中一泡就变黑了。一瓣瓣又白又嫩的蒜装入大玻璃瓶子，倒入米醋淹没，把盖子盖严。就等三十晚上，蒜到此时正好变成碧绿色，醋中有蒜味，吃饺子时蘸上这腊八醋，那味道太好了！所以年年要在腊八这一天，用大玻璃瓶子，做好几瓶子“腊八醋”。

过了腊八，过年的气氛越来越浓，西四牌楼的店铺，都备足了年货，很多都在门外摆摊，买年货的人也越来越多。转眼快到腊月二十三了，摆摊儿的、挑担串胡同卖关东糖的就多起来了。“二十三，糖瓜粘”，说的是祭灶的事。那时大多数家里都在厨房的墙上，挂着一个灶王爷龛。上面贴着一张木刻水印的灶王爷和灶王奶奶的画像。在两旁要贴上一副对联“上天言好事，下界保平安”，上边再贴一横批“一家之主”。这表明灶王爷的地位，和保佑一家人平安度日的职责。

我家后院住着我们本家的远亲七爷，他对灶神极为信仰，每年都要在腊月二十三祭灶。对此，我是年年热心参与的，一是觉得好玩儿，二是可以吃到祭灶的关东糖。这天晚上，七爷把关东糖供在灶王龛前，烧香磕头，嘴里还说着：“求灶王上天多说好话，不好的话少说，我请灶王回来时，会多多酬谢！”然后他起身，郑重地双手把灶王像取下来，把关东糖在灶火口上转一转，烤化了，往灶王的嘴上抹一抹，意思是粘上他的嘴，让他到玉皇大帝那儿张不开嘴，自然就说不了坏话了。我在旁看着心里总想，嘴粘住了坏话不能说，那“言好事”也说不出来了，但看着七爷虔诚严肃的神情，也不敢问。他捧着灶王爷的画像，连同一碟草料，一起点着，说那碟草料是给灶王爷的马吃的。烧成的灰烬随烟飘散，风一吹很快就不见了，七爷如释重负地说："灶王爷升天了！"剩下一大盘关东糖，就都给我们几个孩子分吃了。腊月二十三这天，北京人也称之为过小年，意味着离过大年不远了。各家各户都加紧了过大年的准备。

腊月二十四为扫房日，新年来临前要彻底大扫除，一是卫生搞好了窗明几净，看着舒服喜庆，再就是"尘"与"陈"同音，意味着把一年的烦恼、穷困、灾病、污物都清扫出去，迎接新一年福气、顺心，所以是各家必要做的。

那时住四合院平房，密封性差，遇到大风，暴土扬尘。冬天取暖屋里要生煤火炉，也造成室内灰尘多，蜘蛛网也多。所以全家在这一天会一起动手，大清扫一次。厨房、客厅、卧室、厕所……犄角旮旯，都得扫到。早饭后，除去上班的人，叔叔、姑姑和我们这些放假在家的孩子，都按母亲的分配安排，干自己力所能及的事。大人们个子高，叔叔姑姑都穿上罩衣、围上头巾、戴上口罩，拿着两米多长的大鸡毛掸子，先把顶棚上的尘土、蜘蛛网掸下来。这道工序是依上而下的顺序进行。这时屋里灰尘弥漫，房间中的家具，能搬动的提前都移到院子里去了，搬不动的大件，就用旧报纸盖上。屋里空旷就好打扫多了，屋顶扫完，用笤帚把墙壁都扫一遍。窗户先用湿毛巾擦洗，再用干毛巾擦亮。玻璃上面是木格窗棂，要把破旧变色的纸撕掉，打糨子糊上新买来的高丽纸。擦拭家具这活儿就归我们几个孩子了，如果是雕花的红木家具，大人就让我们把湿毛巾拧细，一个洞一个角地穿进去，来回拉扯几下，就把积攒一年的尘土擦得一干二净了。最后，把地面边边角角，平时扫帚伸不进去的地方，也一点儿一点儿抠，用墩布拖两遍。再看吧，各个房间都像一个灰头土脸的人洗了个澡，理了个发一样，处处干净清爽，容光焕发！接下来，就轮到打扮了。贴福字，贴大红对联，窗户上贴有吉祥图案的窗花，在屋里墙上最显眼的地方贴上年画，上面有喜鹊登梅、大胖小子抱鲤鱼等，节日的气氛一下子就浓烈起来。虽然这一天大家都很累，但心里舒坦高兴啊！

腊月二十五以后，主要是大人们采购过年的食品，买足从初一到初五，商铺都歇业时的食品。猪肉、猪头、羊肉、鱼、豆腐和各种蔬菜水果，串门走亲戚带的礼物，凡是想到的，都要备齐。

母亲在这时就开始动手，准备过年几天的主要食物了。我记得蒸的一屉屉的大白馒头，晾凉放到院儿里的大缸里，那时天冷，也没有大冰柜，放里面的食物很快就冻上了。一是因为初一到初五来往应酬多，临时多做饭来不及；二是尽量不蒸（争）不炒（吵）。当然，大冬天饭要吃热的，不可能不动火，只是尽量少些罢了。所以这些天，母亲从早到晚忙碌着。蒸馒头、包包子、炖肉、炸大丸子、炸豆腐、炸鱼……厨房外窗户底下的一溜儿小缸里，都是妈妈给准备的各种吃食。西四牌楼的街边儿上摆着长长的摊位，专卖过年招待客人的点心、果品、杂拌儿（什锦果脯掺在一起）、蜜供、年糕、瓜子…… 街上川流不息，每人都是喜气洋洋大包小包往家买，这市场一直热闹到年三十的傍晚。我们这些男孩子最喜欢的鞭炮，那是必不可少的。专卖鞭炮的摊位上，从麻雷子、二踢脚到一挂挂的小鞭儿，应有尽有。其中外形像座钟一样的“大钟花”是专为看焰火的，这是三十晚上必放的。

我最爱玩儿的还有一种叫“起花”，是在爆竹上捆一根苇子秆，有一米多长，点燃后尾部喷出火花，形成向上的推力，向空中飞射出几十米高，一道火光划过夜空，就像一个火箭，还发出长长的哨声。这种花炮只在过年时才卖，平时也没有专卖店，所以只有在这个时节，才有在街边上临时搭棚售卖的。有的甚至是茶叶铺、杂货店门前支个摊儿，也卖花炮。那时有首童谣唱道：“新年来到，瓜果祭灶，姑娘爱花，小子爱炮，老头儿要顶新毡帽，老太太要件新棉袄。”过年图喜庆，那是各取所需啊。买花炮的大多是男孩子，我就是老早期待着，天天盼过年能放炮。

快到年根儿了，花炮提前买回来，还没到三十晚上，就开始把一挂上百个绑在一起的小鞭儿，全给拆开了，装兜里一个一个地放。我左手拿着小炮，右手用香点着药捻子，一见冒火光赶紧往远处或高处一扔，“叭”的一声，火光伴着爆炸，觉得特别好玩儿。胆子小的女

孩子就不敢用手拿着，只敢插在地上或门缝儿里，点上扭身就跑，躲老远偷偷瞧着。我们这只是小试身手，就等年三十晚上那大阵式了。

除夕

期盼的年三十，在大人们的忙碌中终于到了。这天，上午家里的女人就开始在厨房忙活准备年夜饭。男人开始在大门、垂花门贴门神。一左一右两位武将，传说他们是唐朝的尉迟恭和秦叔宝，是两位开国功臣。唐太宗李世民在“玄武门之变”中，杀死了自己的两位亲兄弟以后，被鬼神所扰不能安睡，这两位武将自告奋勇为太宗皇帝守门，防鬼魂袭扰，唐太宗果然就安然入睡了。后来他不忍心让两位爱将为他整夜不睡，就差人画了这二位武将的形象，挂在门上，起到驱鬼魅的作用，后来演变成了过年贴门神的习俗，老百姓家也都逐渐过年时贴上了门神。记得我小时候听歌剧《白毛女》中的唱词，就有“门神门神骑红马，贴在门上守住家。门神门神扛大刀，大鬼小鬼进不来”。可见其影响之深远。

除了贴门神，还要在大门口、院子里都挂上红灯，灯下有金黄色的穗子随风飘动。天一黑，灯笼里的电灯泡打开，街门外、院子里红光四射，我们这些孩子高兴得都拍手跳脚，围着红灯周围玩耍。游廊上十样景窗户里的灯，也在这时点亮了，和红灯交相辉映，寒冬夜晚的苍穹下，院子里却是一片光明。

北房的客厅里，八仙桌和后面的条案，布置成了祭祖的祭案。父亲和叔叔把盛放祖先牌位的大长木箱搬出来，取出木质的牌位，用布擦拭，按辈分大小从中间向两边摆放。还有两幅先祖的画像，大人们

称之为“影”，也高高地悬挂起来。祭桌上左右各放一锡质的蜡扦，插上二十厘米长的红蜡烛，中间放一个香炉。后面摆上成对的水果、蜜供、一只炖鸡、一条红烧鱼和刚蒸好点上红点儿的大馒头等，满满一桌子供品。到了吃团圆饭前，全家都穿戴整齐，按辈分大小排成两行。供桌前放一个蒲团（垫子），点燃红蜡烛，每人手中点三支香，大家都肃穆而立，满屋香烟缭绕。由长辈起，该上香的人先把香插入香炉，然后趴在蒲团上，深深地以头叩地，再抬起来，双手合十，看一眼牌位，如此反复三次，方才站起来，然后恭敬侍立在旁。最后轮到我们这些孙子辈，依年龄大小学着大人的样子，也下跪磕头，脑袋像捣蒜一样，磕个不停，直到让大人拉起来，才算松了口气。祭祖这种仪式，无言地教导我们这些孩子，要有敬祖追远、孝先启后的思想品德。孔子说“礼养德”，祭祖仪式是中国礼仪，有良好的社会教化功能，使我们懂得了感恩追始，饮水思源。而恪守伦理，也成为我们这一代人做人的准则。

祭祖之后，全家人动手一块儿包饺子。奶奶拌馅，妈妈揉面，姑姑擀皮，大人们围着桌子连包带说笑。他们还把几个洗干净的铜钱，分别包在饺子中。一个个外形像元宝的饺子，一排排码放在盖帘上，我们这些孩子负责端着盖帘往厨房送，来来回回，一趟一趟，心里真高兴，虽然平时也吃饺子，但总觉三十晚上的饺子更香，更有意义。

除夕的团圆饭，是要全家都到齐的，代表过一个圆满的年。如果有个别成员在外赶不回来，也要在饭桌上留个座位，摆上碗筷，当作此人在场。

年夜饭十分丰盛，每道菜都有寓意。例如“红烧鲢鱼”，因为

“鱼”和“余”谐音，预示着“连年有余”；“四喜丸子”是在一个盘子里，盛着四个大大的红烧猪肉丸子，分别象征着“福禄寿禧”；用砂锅炖一只整鸡，热气腾腾端上桌，因为“鸡”与“吉”同音，象征“吉庆”之意；“烧羊肉”是把大块羊肉炖熟，捞出风干去掉水汽，再用香油下锅炸焦，切成片装盘，上面撒上椒盐吃，因为“羊”在古汉字中与“祥”通用，有“吉祥”的意思；饺子取“新旧交替、更岁交子”的意思，它的形状又像一个个小元宝，元宝当然寓意着发财，新一年日子蒸蒸日上，谁要是吃到有铜钱的饺子，表示这一年定交好运，他自己眉开眼笑，全家人也都兴高采烈地祝福他。

那时过年要有“三岁”，即“守岁、踩岁、压岁”。

吃完年夜饭，三十晚上是要熬一宿的，名曰“守岁”。长辈们围坐在桌子四周打麻将牌。我们孩子们就跑到院子里，把节前大人买回的芝麻秸，从大门口一直撒到正房门口。这芝麻秸是空心的，一踩就发出“噼噼啪啪”响亮的声音。我们在上面连蹦带跳，这叫“踩岁”，据说这个声音能把鬼祟吓走，另外芝麻开花是节节高，踩芝麻秸，也象征来年的好运。然后我们就打着点了蜡烛的红灯笼，在院子里玩耍、放小的鞭炮。夜里十二点终于到了，全家人都聚到院子里，看叔叔和爸爸放那些大的花炮。只见叔叔手拿二踢脚，一点药捻，火花刺刺地响，他瞅准时机一松手，腾地一下子，一道红光冲上了高空，巨响爆开，“咚、咣”两声震耳欲聋，小些的孩子都捂上了耳朵。这个时辰，家家都在放炮，满天红光，震动四起，整个北京城都沉浸在欢乐的海洋中。叔叔这时又把几个金色的“大钟花”放在鱼缸上横摆的长木板中间，这长得像座钟一样的东西威力可大了。点着顶上小孔中的药捻，“唰”一下子喷出的五颜六色的火花比房子还高，而且时间还长，在深夜的黑暗中院子里一片光亮，大人们满脸带笑，孩子们跳跃欢呼。我们手里拿着威力小些的“起花”放，点燃后它们带着哨声，伴着火光“嗖”地冲上天，如金蛇飞舞。虽已是初一凌晨了，却一点儿困意没有，那真是火树银花不夜天，全家老少喜开颜。一直到凌晨两三点，我们这些孩子实在熬不住了，才恋恋不舍地去睡觉了。

拜年

初一早晨一起床，妈妈给准备的新衣已放在每个人枕边了，穿上新衣，去给长辈拜年。先去给奶奶磕头，奶奶会笑着给一个红包，这就是“压岁”，这红包里的压岁钱，是长辈对晚辈的祝福，可以压住邪祟，保佑孩子一年都平平安安。然后依次给父母、叔叔、姑姑行礼作揖。见面先嘴里说着“吉祥平安、万事如意”，左手抱右拳上下摇动，上要过头，下要过膝，这叫作揖。因为右手是攻击人的手，所以要左手包右手，以示善意。那时也不懂这些，大人怎么教，就照着怎么做。家里的长辈都会给红包。走出院门，见了街坊邻居，也是先相互作揖拜年，祝福声不绝于耳，一派喜庆祥和的气氛。

我家亲友多，要在除夕前，把拜年的礼物都准备好。父母会在西四牌楼买若干个点心匣子，大过年走亲戚不能空手去，除了点心匣子中的“细八件”，还要送一些茶叶、水果、酒之类的礼物。

初二是出嫁的女儿回娘家的日子，全家会随母亲到外公外婆家拜年。见到外公外婆也是先跪地磕头，口中还要说祝二老健康长寿的吉祥话。外公外婆总是笑得合不拢嘴地夸奖一番，接着就会给压岁钱。见到舅舅、小姨等长辈，也都要作揖行礼。

外公外婆家是要留下吃午饭的。外婆家的年菜和我家的可不一样，别有风味。我记得有一道素菜是豆腐丝和胡萝卜丝，加上各种佐料炒制而成的，晾凉了撒上熟芝麻，端上饭桌，香味扑鼻，太好吃了，我到现在还念念不忘。

老北京拜年的礼数多了，男人见面是作揖，女人见面要“拜拜”，就是右手按在左手上，放在右侧腰间上下摇动，双腿还要半蹲下，边摇动嘴里边说吉祥话儿。

我家祭祖的祭台要一直摆到初五，因为这里供奉的牌位是何氏大家族的先辈们，所以凡是何姓的本家亲戚来，都要先向祖宗牌位三叩首，然后才向屋内的长辈和同辈们依次行礼。平时不常见面的亲友，都会到过年时互访走动，互道平安，叙叙亲情，这是老北京融洽人际关系的好时机。

逛庙会、娱乐

初一到初三，是相互拜年的日子。过了初三，就开始逛庙会、看热闹的全民狂欢活动，孩子们期盼已久的撒欢儿时刻到了。

当年春节庙会有几处，像广安门外的“五显财神庙”、朝阳门外的“东岳庙”、西便门外的“白云观”等。但是在春节期间影响最大、吸引人最多的还要数“厂甸庙会”。

厂甸在和平门外，是元明时期烧制琉璃瓦的官窑旧址，所以此地也叫琉璃厂。据说厂甸庙会始于清朝乾隆年间，每年正月初一到正月十五举办。因为一年之中仅这半个月，所以游人如潮。另外，厂甸周边也是人文荟萃的地方。当年全国各地来京赶考的书生，都住在这一带的各省市开设的“会馆”中。所以这里卖文房四宝的店铺和旧书店最多，与之相关的文玩字画也集中在这里卖。到了春节庙会期间，这些店家为了招揽生意，都在店前摆摊陈列古董、字画、线装书等，形成文市的特色。

最吸引我们这些孩子的，首先是北京的风味小吃，那品种可真多啊！什么艾窝窝、驴打滚、年糕、豆渣糕、豌豆黄、炸灌肠、果仁奶酪、大糖葫芦、豌豆粥……

我小时候就爱吃这些东西，还爱看怎么做。印象最深的是做艾窝窝的，一个摊位上一般是两个中年男子，一个人负责卖货，一个人专管做。他先把蒸得熟烂的江米，揉搓成面团，再搓成圆柱形，然后揪成一个个鸡蛋大小的剂子。在每个剂子中间按下一个凹槽，里面放进芝麻白糖馅儿，或豆沙馅、豌豆黄馅儿等料，用手往上一拢，包住一捏，呈球形，在上面点一个红点儿，作为吉祥装饰。又黏又甜，好看好吃，非常符合儿童的口味。他们熟练敏捷地当场表演制作，吸引很多人驻足观看。为了防止黏糯的米团儿互相粘连，就要不断地往上撒一些干面粉，加上户外有风，吹在他们身上、脸上像覆了一层白霜，连眼睫毛都是白色的，忽闪忽闪地眨动，样子十分滑稽，大家围着，看着他们不由得哈哈大笑，他们也故意做出一些怪表情，招揽的人更多了，围观的人多自然买的就多。一个纸盒儿装十个，每个人都要买几盒，用纸绳拴好，提着回家吃。

我还特别爱吃豌豆粥，一锅黑色的稠粥，盛到碗内撒上白糖，用勺子搅拌均匀，就变得更稠了，吃到嘴里又甜又有豌豆的清香。这种粥平日没有卖的，只有春节厂甸才有。没有了厂甸庙会，也就再也没见过卖的了。我到处打听，才知道这是一种花豌豆，煮熟后颜色就变黑了，这个品种后来不知为什么没人种了，我常遗憾再也喝不到这么好喝的粥了。

大糖葫芦是厂甸庙会的另一种具有标志性的食品。小贩用大个儿的山里红去核，用一米多长的荆条穿起来，然后用硬毛刷子蘸上热化了的麦芽糖，刷在山里红上，白里透红，甚是好看。在顶部还要插上彩色的三角形小旗子，迎风飘动。去逛厂甸的人，几乎都要扛回一

串，不如此，好像厂甸没来一样。卖大糖葫芦的小贩在大竹筐上支起木架子，上面钻上圆孔洞，把一米多长的糖葫芦往上一插，架上串串争艳，顶上彩旗飘飘，那真是太吸引人了。春节期间，鸡鸭鱼肉比平时吃得多，作息时间又不规律，很容易积食上火，消化不良，吃大糖葫芦是助消化、宜健康的。孩子们图的是吃喝玩乐，大人图的是健胃消食，一拍即合，大糖葫芦就成了逛厂甸庙会的必买之物了。

除了吃，厂甸庙会还有很多特色玩具，比如风筝、空竹、噗噗噔儿、氢气球、风车、面具……这些玩具中我最喜欢的是空竹和风筝。

先说这空竹吧。空竹古称“空钟”“空筝”“响铃”，是由来已久的传统玩具。它是由竹子和木材做的，分单轮和双轮两种。单轮抖起来难度大，初学不好掌控，但学会了可以玩出很多花样儿。

抖空竹要左右各执一根二尺多长的圆木棍，两根棍儿的头部，用一根一米多长的绳子拴牢连接。抖的时候先把绳子按逆时针方向，缠在空竹葫芦形的立柱细腰部，至少要缠两圈。这时双手提起木棍，让空竹离开地面。右手拉，左手随绳向右送，一拉一送，不断地来回扯动，空竹的轮盘也越转越快，带动空气穿入轮盘边上一个一个的笛哨孔，发出清脆悦耳的嗡嗡声，这声音就是春节的喜庆声音。

我小时候就会抖出许多花样，什么“猴爬杆儿”“放地轴”“抛高”等。老想当着人炫技、显摆，当得到大人的夸奖时，心里美极了！

就说这“猴爬杆儿”吧，在抖得最快“嗡嗡”作响时，突然把空竹立柱的细腰处，放在木棍上，空竹平稳地在棍子上快速飞转，当速度慢下来时，再打开绳子接住，使劲儿抖几下，就又飞转着“嗡嗡”地叫起来。猛地把空竹往空中一抛，飞上空中五六米高，再展开双棍，绷紧中间的绳子，仰头看准空竹的位置，用绳子准确无误地接住立轴的细腰部，这个花样叫“抛高”。接着再抖，然后把空竹轮盘朝上，平稳地放在砖地面上，让它自己凭着惯性“嚓嚓”地转，这叫“放地轴”。当空竹越转越慢摇摇晃晃，快倒下时，立刻用两根棍儿上拴的绳子，瞅准细腰部一扯，空竹一下子就飞起来，赶快继续抖，连续用力，“嗡嗡”声又大响起来。这是体力、技巧、心智的综合表现，周围观看的人都给我鼓掌，那心里真是充满了喜悦、骄傲。至今，我还保留着两个传统的木质空竹，偶尔在客厅给孙子、孙女表演一下。每当听到空竹声响起时，就仿佛又回到童年的春节了。

厂甸庙会卖风筝的摊位特别多，卖风筝的小贩把风筝拴在木架子上，供人们选购。风筝有各种各样的造型，但还是以北京地区传统的沙燕儿最多，还有蜻蜓、蝴蝶、老鹰、刘海戏金蟾、蜈蚣等。

逛厂甸，年年我都会买一个风筝，春季有风时放过几次以后，就挂在屋内墙上，成了和书法绘画一样的室内装饰品了。待夏天过去，秋天微风吹起时，又会摘下来到景山、北海公园去放了。一个风筝玩儿一年，就盼着春节到厂甸再给买一个新的。

我对放风筝有极大的兴趣。我家院子大，放风筝前先抛向空中一把土，辨明风向，风筝必须迎风才能飞起来。有时风小，我就用长长的竹竿，把风筝线挑在竿头，超过房子的高度才能放飞。风筝飞起来后，越高就飞得越稳。这时可以用一段铁丝弯个钩儿，上面粘上一小张福字，把福字钩在风筝线上，它自己就往上爬，一直可以和风筝汇合。

买的风筝放虽然好，但我还想自己做风筝。我就去院子里找来竹子，先用刀劈成小细条，然后反复削刮得又细又光滑，接着点上蜡烛，将细竹条在火头上烤，双手一直轻轻窝着，一会儿，它就成半圆形的了，这就是沙燕儿的头和弯弯的双翅。再用细麻绳蘸上胶水，把接头部分捆牢粘紧，等着它干的工夫，就去找张糊窗户剩下的高丽纸，用剪子按竹架子的形状剪下来，用糨糊粘在竹架子上，粗活儿就完成了。重要的工序——画脸谱，这我可拿手。先用毛笔蘸墨勾线，画出沙燕儿的形象，等墨干后，再上颜色。总之，就是模仿买来的风筝照猫画虎，自己当然还不能独造花样，但心里已经非常高兴了，毕竟是自己的手艺啊！拿着到处美滋滋地让人看，这“扎、糊、绘、放”我可都尝试过了。

厂甸庙会还有一个标志性的东西——风车儿。北京的春天是多风的季节，几乎每天都刮风。所以像风筝和风车这类靠风吹为动力的玩具，就在这里应时而生了，并且很受欢迎。北京郊区的农民心灵手巧，利用农闲时节，就地取材，制作大大小小的风车。他们用高粱秆扎成“甲”字形的架子，用细竹条弯成直径有十厘米的圆环，用韧性好的高丽纸，染成红、黄、绿等颜色鲜亮的小纸条儿，做成风扇轮子，用黄黏土做成小鼓，上面粘上一层牛皮纸当鼓皮，把它们组装在一起，风轮遇风就带动小竹棍捶击小鼓，发出清脆的声音。大一些的风车，能装十几个小鼓，风一吹，“哗啦啦”响声传得很远。孩子们举着买到手的风车，高兴地迎风乱跑，庙会上响成一片，更增添了热闹的气氛。

回到家也疯跑累了，晚上就把风车绑在院子里的枣树上，或房檐下，在“哗啦啦”的悦耳声音中香甜入梦了。风车儿的声音，成为我儿时记忆中春节的声音。

后来有人把放鞭炮和风车儿联系起来，写成一副对联，上联是“爆竹声声除旧岁”，下联是“风车阵阵迎吉祥”。童年的春节，永远是心中美好、快乐的回忆。我还记得春节期间有一天，奶奶坐在沙发上，半闭着眼睛，脸上笑眯眯地看着满院子欢蹦乱跳、天天玩儿不够的我们说：“过年就欢实这群孩子了！”

正月十五元宵节

这过年欢实的劲儿还没完，正月十五元宵节就来了，这也是春节期间的一个高潮。自古以来，元宵节就以热烈喜庆著称。宵就是夜晚的意思，一年中第一个月圆之夜，能不庆祝吗？这个节日活动内容可丰富了：观灯赏月、燃放烟花、猜灯谜、吃元宵……离我家不远的西四牌楼，是繁华商业区，在这天晚上都有猜谜灯会和游动的花会。已排练多日的花会队伍，会集中在这里耍龙灯、耍狮子、踩高跷、跑旱船、扭秧歌、打太平鼓等，举办一系列热闹喜庆的活动。我们周围住的百姓都会出来观看。

我还记得灯火辉煌的西四街上的店铺前，拉上长绳子，挂上形状各异的彩灯，下面坠着写满谜语的小纸条儿。例如“十五日”（打一字），十五日不就是半个月吗？合起来是个“胖”字。再比如“皇”打一成语，就是“白玉无瑕”。店铺前人头攒动，猜对了店家会给个小礼品，那真是唐诗里写的“千门开锁万灯明，正月中旬动帝京”。

这边儿正猜着谜语，又听那边儿一阵欢呼声，原来是花会中的“跑驴”队伍过来了。这些“驴”由驴头、驴身、驴尾组成，是用竹子扎成骨架，外面糊上纸或布，前面昂起的头画上驴的眼睛、鼻子和嘴巴。在驴背上留个可套在人腰部的方形洞口，下面用红布蓝布围起来。由一个年轻女子打扮成农村小媳妇儿，把道具系在腰间，上身做骑驴的模样儿，前后左右扭腰摆动。她动作敏捷，迈着小碎步，模仿驴颠跑的样子，还不时地做出跳、踢、惊、颠的滑稽动作，再加上脸部夸张的化妆和表情，引得周围的人哄堂大笑。她旁边还有个男人扮演丈夫，手持鞭子做出赶驴的各种动作。比如表演个回娘家，路上遇到的一些小麻烦片段：一会儿越过沟坎，一会儿又爬坡，突然驴惊了，丈夫紧追，力挽缰绳前扑后仰，动作可笑。表演的两个人都有些武术功底，夫妻俩有说有唱，还有锣、鼓、钹、唢呐等乐器的伴奏，更增添了喜庆色彩。

这“跑驴”刚过去，后面“耍龙灯”的队伍就跟过来了。龙灯二十多米长，由龙头、龙身、龙尾串起来。这也是用竹木轻型材料做成骨架，龙身由多节组成，节节相连，外面罩上画有龙鳞的红布，每隔五六尺有一人撑杆子。在龙头前有一人举着一个大绣球，作为全队的引导。绣球上下前后左右摆动，边摆动边游走，十分炫目。龙头造型夸张，口中含着一个大球，圆眼怒视，龙须、龙角向外四射。他们在大街上左右扭动，表演的节目有“二龙戏珠”“双龙出水”“蟠龙闹海”等。大鼓敲得震天响，锣、鼓、钹也配合着打出各种节奏。在中国人心中，龙是祥瑞的灵物，是中华民族的图腾。舞龙包含着百姓祈盼风调雨顺、国泰民安的愿望。

花会队伍中，最为惊心动魄的表演是耍狮子。狮子的头部由一人站立，戴上巨大的狮头面具，狮身则是由另一人弯腰，双手抱着前面扮演狮头人的腰部，两人的四条腿就成了狮子的四条腿，身上披着的黄布，画成威武的狮身。狮子摇头晃脑，张牙舞爪，两人配合得十分默契。突然狮头蹿上了牌楼的石头立座上，后面的狮身随之而上，顺着牌楼的立柱，两个人几下子就蹿到牌楼的顶部了。好家伙！有三四层楼那么高，稍有失手就会摔下来，太惊险了！围观的众人在喝彩鼓掌的同时，都为他们捏把汗。在旁边的我，看得也是心惊肉跳，时隔七十多年了，我还觉得历历在目。

元宵节，就一定要吃形色如一轮明月的元宵。西四牌楼有一家商铺，名叫“年糕张”，每逢正月十五前几天，在门前路边摆上桌子，大笸箩、水缸等家伙什儿，就在街边儿开始摇元宵。他们先把制作好的方形的馅料盛在大笊篱中，放入水缸中浸上一层水，然后倒在笸箩里，加上糯米粉。笸箩底下放一根圆木棍，手攥着笸箩边儿前后滚动，里面沾了水的馅料在糯米粉中不停地打滚儿。动作大时，能把已裹上糯米粉的馅料颠起来。看看白粉都裹瓷实了，再用笊篱把它们放入水缸沾水，倒入笸箩又在糯米粉中摇。如此反复几次，元宵成乒乓球大小，就大功告成了。刚摇好的元宵大家争先购买，论个卖，装入纸袋儿，用纸绳系好，双手递给顾客，道声："您慢走！下一位！"这当街摇元宵，也成了正月十五前后的街头一景了。这几天，摇元宵的买卖兴旺得很，因为元宵的形、色、味都寄托着人们企望团圆，祈求生活美满的愿望。那真是："万人空巷看花会，一碗元宵喜气盈。"

元宵摊边还有架起了铁锅的，炉火烧得旺旺的，沸水中翻滚着煮熟的元宵。不少人怕耽误看花会，又想吃上热元宵，于是就在街边买上，拿着筷子端着碗，伸着脖子瞪着眼，真是两不耽误！

大年三十的各种庆团圆活动，都是在自己家里，所以除夕晚上大街上人很少，店铺也关门歇业，正是"有钱没钱，回家过年"。可元宵节就不一样了，人们都走出家门，到繁华地段闹元宵去了，一个"闹"字，就点出了元宵节的盛况。宋朝词人辛弃疾有一首词《青玉案·元夕》，描写的就是一千多年前元宵节的狂欢场面。"东风夜放花千树，更吹落，星如雨。宝马雕车香满路。凤箫声动，玉壶光转，一夜鱼龙舞……"可见闹元宵的习俗，在我国有多么悠久的传统了。

雍和宫打鬼

过了正月十五，北京的春节高潮就过去了。到了正月三十，还有一个活动，就是“雍和宫打鬼”。这是寺庙表演的去除邪祟，祈求来年一帆风顺的活动。那时亲戚朋友见了面，免不了要问问：“去雍和宫看打鬼了吗？”我儿时，家中的长辈每年都会去雍和宫看打鬼，回来还兴高采烈地谈论打鬼现场的趣事。大约是一九五二年，父亲曾带着我到这里看过一次打鬼的表演。

记得刚走到雍和宫外面的牌楼，就看到各种小商贩在道路两旁一个挨一个，卖各种京味小吃和儿童玩具，叫卖声此起彼伏，热闹程度和厂甸庙会差不多。走进雍和宫大门，已是摩肩接踵，人头攒动，其中还有一些外国人，据说每天都有上万人来观看。

会场设在雍和宫的正院，在台阶上搭有红栏杆看台，上面摆放着金漆桌椅。打鬼仪式开始后，众高僧依序入座，两侧有乐队持各种法器和乐器侍立。舞台前放着一个用大红纸和高粱秸秆糊制的三脚架，此物叫作“巴凌”。伴随着铿锵有力的鼓乐声，衣着金色盔甲的四大天王出场了，分别站在舞台的四个角上。这时布袋僧和六名小孩到台前坐好，形成六子戏弥勒的造型，烘托出喜气祥和的气氛。

“打鬼”开始了，身着白衣，头戴骷髅面具的鬼魅出场了。它手舞足蹈，动作夸张怪异，表现恶鬼的邪祟心态。接着，身着五彩服饰，头戴各种兽类面具的诸天神、天将上场。他们迈着稳重的步伐，

伴随着鼓、钹、号等乐器的节拍，跳着矫健有序的舞步，象征驱逐恶鬼之意。舞蹈的结尾，主将带领众僧诵经。随后将台前准备好的“巴凌”抬起来，猛地投到正燃烧的熊熊烈火中，烧成灰烬，象征着恶魔被彻底歼灭，从此天下太平。

“打鬼”活动中所戴的面具最惹人喜爱。它们色彩绚丽，对比强烈，造型多样，形象夸张但又特别和谐，象征着人间的美好与丑恶，使假恶丑和真善美得到了形象的表达。

雍和宫打鬼活动后来中断了几十年，改革开放以后，大约在一九八七年又得到恢复。如今对京城百姓来说，看“打鬼”和“逛庙会”一样，是春节的一项民间习俗。

热热闹闹的春节画上了休止符。冬去春来，万物复苏，新一年的美好生活和辛勤劳作又开始了。我们这些孩子，也都背上书包，重返校园，开学上课了。

旧时光

母亲、父亲在正院游廊

从左至右：姑姑、作者、姐姐、父亲、四叔、母亲在迎门的影壁前

作者（前排中）与姐姐、父、母、叔叔、姑姑

母亲（左）和姑姑在正院游廊

作者和母亲、姐姐在院中观察植物、昆虫

母亲、父亲在后院，约摄于一九五〇年代

四合院里的情和事

受西方教育的父辈们

我小时候生活在一个中西合璧式的家庭中，正所谓“中学为体，西学为用”。

我父亲、叔叔都是在北京天主教圣母会法文学校接受的基础教育，教材是法文课本，老师是法国人，课堂用法语授课，所以法语成了他们的第二语言，我叔叔大学就读的是法国人办的上海震旦大学医学院。此外，他们也受到了很好的英语训练。我看他们的书柜里都是法文、英文书，他们穿的是洋式装束，一派洋人作风。和他们来往的同事、朋友中，有不少都是外国人，也经常到家里来。我姑姑也是上的教会学校，后来在上海教英国领事馆的英国官员说中文，进一步锻炼了她的英语能力。一九四六年，她曾在国、共、美三方会谈的“军调处”担任美方翻译。平时在家里，他们相互间谈话聊天，经常用英语，我想这可能是因为怕对他们管教严厉的奶奶听到他们的私事吧！有时他们聊天说中国话，突然又蹦出几个法语单词。有一次我问叔叔“为什么说中文要夹法语”，我叔叔说一时觉得中文里没有准确的词语来表达想说的意思，所以只能用法文。可见语言的表达，他们已是

父亲一九三〇年代摄于上海

洋胜于中了。

我父亲和叔叔爱喝一点儿酒，但从来不喝传统的白酒、黄酒，只喝洋酒，像威士忌、白兰地、朗姆酒等。酒柜上摆着各式各样的酒瓶子，有扁圆的，有葫芦形的，有桃形的，色彩缤纷很好看。这都是舶来品，是他们人际圈子里的爱好。

吃面包，那是一定要抹黄油或奶酪的。我父亲告诉我说，他在上海德国伊默克洋行工作时，寄宿在一位外国老太太家里，吃饭生活在一起，饮食习惯也渐渐随了洋人。

传统文化的深刻影响

从穿着、语言、饮食等外表看，他们已经完全西化了。但骨子里他们又完全是中国传统的，对古老民族文化如醉如痴，所以在我家的四合院里，就发生了很多有趣的事情。

我家搬到西黄城根四合院后，需要置办家具，除了沙发和席梦思床是西式的，其他都是中国传统的。首先材质他们选用花梨、紫檀、红木，样式上大都是中式风格镂空雕花。

记得在正屋客厅里有一个红木圆桌，桌面中心镶嵌着带黑色条纹的大理石，周边刻着一圈透雕的梅花图案，中间一木柱与下面的圆木贯通，可以旋转，最下面是一雕花的圆形底座，十分精致。中间摆一个直径六十厘米大的瓷花盘，上面彩绘佛教的八宝供器：云、螺、伞、盖、花、罐、鱼、肠。圆桌还配有六个扇面形的红木雕花凳子，正好围在圆桌四周。做工非常精细，这就是齐白石年轻时学的雕花匠的手艺活儿，这么一个凳子要手工精雕细刻多长时间才能完成啊！客厅里还放一张大八仙桌，两旁各放一把太师椅。桌椅上除了雕花，还在桌椅腿儿、扶手上镶嵌着“螺钿”，就是用海螺壳与海贝壳磨成薄片，刻制成人物、花鸟、几何图形或吉祥的福寿字，把它们镶嵌在红木沟槽中。螺壳或贝壳经打磨制作，光洁耀眼，可以生出七彩光，和暗红色的木材形成强烈的对比，如果有阳光或灯光的照射，就更加富丽堂皇。当你变换角度看，色彩随之变化。

正房客厅三间，有一段时间我住在西边的一间，就用隔扇与客厅分开，每个隔扇装裱着用绢画的山水花鸟和书法作品。在隔扇对面的西墙上挂着国画四条屏，拼成一幅大画，上面画着几十条红色的金鱼，在绿色的水草中游动，虽然没有画水，但给人感觉就是鱼儿在水中畅游，一派生气勃勃。左右两侧是草书对联，上联是“晓随天仗入”，下联是“暮惹御香归”。通往西耳房的门楣上，有一木制的横匾，是清代名臣刘墉写的行草体“知足知不足之室”。深褐的底色，石绿色的字，古香古色。因为字体是行草，笔画是连笔，所以同学到家找我来玩儿，看到这块匾，都顺口念成：“知是知不是之室”，然后莫名其妙地看着我，那眼神就是问：“这说的是什么呀？”我总是一遍遍地纠正和讲解。

那时北京的空气中灰尘大，过一段时间，透雕的花纹中就积上一层灰白色的尘土。要想清理，得用湿毛巾角儿，捻成一根细条，深入到每个镂空花饰中，用手把两头拉拽多次，才能把里面的灰土擦干净。一个桌凳上百个雕花，挨着顺序擦完，怎么也得两小时。这活儿，春节前父亲就让我们这些孩子去干，以致我后来一看雕花家具，先想到怎么擦。我觉得这东西好则好，做艺术品欣赏还可以，做日常家具，太不实用了。

类似这样的家具还有八仙桌、穿衣镜、太师椅、茶几、美人床、条案等，全都是这样精雕细刻的。在条案上，摆放着绘有福禄寿人物的大掸瓶、镶有玉石的如意等摆件。整个四合院的格局、布置，完全是中式的。不看主人，还得以为是哪个穿长袍马褂的老夫子的家院呢。在那个年代，受西方教育的知识分子，虽然他们生活、语言已全盘西化，但内心有着对中国传统文化的喜爱和尊重。

迷恋传统京剧艺术

在我家正房里有一架柜式留声机，上面是留声机，下面是双开门的柜子，里面放着几百张黑胶木的老唱片。

唱片里录制的大多是京剧生、旦、净、丑的唱腔。有生角谭鑫培、余叔岩、谭富英、马连良、杨小楼他们灌制的《空城计》《打渔杀家》《四郎探母》《甘露寺》等，有旦角梅兰芳、程砚秋唱的《凤还巢》《武家坡》《霸王别姬》《三娘教子》《女起解》等，有花脸金少山、裘桂仙、郝寿臣的《锁五龙》《探阴山》《陈州放粮》《铡包勉》等，有丑角萧长华的《打侄上坟》《荷珠配》……听时打开留声机盖，用手摇把儿上弦（那时没有电留声机），把唱头的钢针放在唱片上，唱片以每分钟七十八转的速度旋转，声音就从音箱中传出。金少山唱的京剧《锁五龙》“号令一声绑帐外……”，那声音有如洪钟大吕般震撼人心。梅兰芳的《凤还巢》“母亲不可心太偏，女儿言来听根源……”，柔美婉转，荡气回肠。这些百听不厌的唱段，我特别喜欢，没事就坐在留声机旁边反复放。七十年后的今天，我还能脱口唱出其中一些片段。

我父亲和叔叔，那可是真正的京剧迷。每天吃完晚饭，就聚在前院的南屋，我叔叔拉胡琴，我父亲唱梅派的旦角名段。我叔叔还能自拉自唱，也是学梅派的。从他们口中能发出尖细婉转的声音，我常常坐旁边托腮静听，怎么也不明白，男人怎么能发出那么动听悦耳的女人唱腔，觉得真是神奇。

我叔叔还经常在院中练习旦角走台步的技巧，细碎的脚步，摆着云手，人就像从水上飘过一样。他还有刀马旦用的长枪、短剑等“把

子”（京剧管道具称为把子），他手拿这些“把子”，上下飞舞，练习舞台上的身段。比如《霸王别姬》中虞姬的一段剑舞，是他经常要练习的。为适应与票友们上台演出的需求，他也常在家穿戴好全副行头，边唱边舞。我喜欢在旁边观看，他的舞姿、身段和眼神，完全就是一个柔美的女子形象。尤其是他的眼睛，一眯一睁，左顾右盼，传达出剧中人物的内心世界。经过这么刻苦的钻研，在上个世纪五十年

代，他登台演出了。那天演出的是《凤还巢》中的折子戏，他饰演雪娥，另外一位医生（他的同事）扮演雪娥的大娘。演出的那一天，我家大人孩子都去观看叔叔的彩唱。他在舞台上挥洒自如，不论唱腔还是身段表演，都从容不迫，十分到位。后来我父亲也登台演唱过《三娘教子》，我们也是全家出动。京剧对于我的父辈来说，就是生命的一部分。

京剧汾河湾

在家伴着胡琴清唱，和穿戏服化彩妆登台表演，那可大不一样了。父亲上台演出时，我跟到后台打下手看热闹，也看到了化装的过程。

父亲坐在化妆台前，先在脸上涂一层白铅粉，然后在脸颊上晕染胭脂、画眉毛、画眼圈、点朱唇。因为他饰演的是旦角，还要吊眉眼、勒水纱，然后是贴片子和梳大头。现场请来专业剧团的化妆师指导帮忙，但很多具体的操作，还是要对着镜子自己动手。什么“柳叶眉”“杏核眼”“鸭蛋脸”“樱桃小口”等，经过这么一化装，人的形象大变。文雅、秀丽、端庄的女人形象呈现在眼前。一个男子汉，一会儿工夫就变成古典的大美人了，再穿上戏服，这个过程大约得用一个多小时。

台上锣鼓一响，京胡为首的乐队拉响了西皮、二黄的曲牌。马上要上场亮相了，怎么走台步，上场后站什么位置，如何掌握好开口的时机，还有与乐队的配合，身上的表情动作等，真是一样也不能错。没有一定的舞台经验，可真要乱套了。

由于我父亲和叔叔对京剧上瘾，平时就经常看演出，揣摩台上演员的一举一动，也认识很多梨园行的名角，时有往来请教，加上自己在家的刻苦练习，所以对演出的一切事项，都谙熟于心。那天父亲的演出很成功顺利，但下台后他还说因为勒水纱把眉眼往上吊，感觉不舒服，影响了唱腔的正常发挥。

这登台彩唱的业余演员，被称为“票友”，他们表演纯属兴趣、爱好、痴迷，可比起戏迷就又登上了一个新高度。也有的名“票友”后来下海，成了正式京剧演员的。但我的父亲、叔叔卸戏装后，照常换回他们的西装，说满口洋话，戴金丝眼镜，开着福特汽车，从事他们的洋派职业去了。这么两个相悖的画面，在我家四合院里和谐地重叠着。

对京剧的热爱，伴随了父辈们的一生，也影响了我对京剧的热爱。我在学习绘画和书法的过程中，深深地体会到，书法中运笔和线条，与京剧唱腔的韵律节奏，以及刚柔相济的表达，是完全吻合的。不同的是京剧用唱腔，书法用线条。

我后来在讲授书法时，时时提醒学生注意书法线条也是有节奏和情感的，这也是从小在四合院中听京剧、看练舞的体验。艺术是相通的。

一架老式留声机

我小时候，家中有一架柜式留声机。

它有一米多高，深棕色的木质外壳。柜子的上部是留声机，掀开上盖儿，可见中央部位是一个圆形的铺绿绒的唱盘，中间有一段一厘米多高的金属立柱，旁边儿是银光闪闪的唱机头。机头的下方有一小圆孔，是装唱针的地方。旁边一个小铁盒里，放着几十枚亮晶晶的尖利的唱针，听几张唱片后，针就磨秃了，得换新的唱针，否则声音就变得不清晰了，听大人说还会毁坏唱片。那时还没有电动留声机，全是靠摇动机头左边的摇把，来上弦的。

柜子的下边是一个双开门的立柜，分成三层，里面放着一摞一摞的黑胶木唱片。我记得大都是老上海百代唱片公司出品的，百代唱片的商标是一只大公鸡。也有上海胜利唱片公司出品的，胜利的商标，是在唱片中间的小圆孔周边，特制一同心圆的贴纸，上面是一只大狗，歪着头注视，并表情生动地听着留声机上扩音的大喇叭。这个商标在当时是十分有名的，吸引了多少人欣赏的目光。

关于这个标志来历，我听我姑姑讲过一个很动人的故事。英国

有位舞台布景设计师，名叫麦克，他在一个冬季的夜晚，在大桥下发现了一只流浪小狗，在寒风中瑟瑟发抖。好心的麦克把小狗抱回家，给它洗澡、喂食，并给小狗起名叫“尼帕”。不料三年后麦克病逝，悲伤的弟弟为哥哥举行葬礼，小狗尼帕紧随到墓地而不愿离去。弟弟是个画家，在整理遗物时，发现了哥哥生前留下的录音筒，录的是哥哥朗诵的莎士比亚戏剧的台词，弟弟拿走录音筒，带上小狗尼帕回家了。有一天，弟弟播放哥哥的录音，小狗“噌”地站起来，歪着头认真倾听，守在喇叭前不肯离去。这一幕感动了画家弟弟，他用画笔记录下这感人的一幕。画的题目叫《它主人的声音》。后来这幅画被胜利唱片公司买走，把它作为商标印在唱片上，并在广告中称“这幅动人的画作体现了音乐中最美好的一切”。知道这个故事后，我也同样喜爱这个标志了。

这商标的下面，就用印刷体字，标明唱片的内容，如“京剧《凤还巢》梅兰芳演唱”等字样。

这架留声机和唱片，都是我父亲上个世纪三十年代，在上海洋行工作时购置的，调回北京工作时，随行李一起运回北京了。从我记事起，这留声机就放在客厅西侧的房间里，后来这里成了我的卧室，它也就成了我每天都要听的爱物了。

这几百张唱片大致分三类。首先是京剧类，也是数量最大的。生、旦、净、丑，各行都有。都是当时最红的名角，灌制的著名唱段。记得生角有谭鑫培、谭富英、马连良、余叔岩、言菊朋、杨小楼、杨宝森等，唱段有《空城计》《打渔杀家》《四郎探母》《甘露寺》《十老安刘》等。

旦角的有梅兰芳、程砚秋、荀慧生唱的《凤还巢》《武家坡》《三娘教子》《女起解》《生死恨》。还有一套五张装在一个皮面的匣子里，是梅兰芳和杨小楼唱的《霸王别姬》。老旦有李多奎唱的《钓金龟》《徐母骂曹》。

净角有大花脸金少山唱的《锁五龙》，铜锤花脸裘盛戎唱的《盗御马》《探阴山》《牧虎关》。

丑角有萧长华唱的《荷珠配》，他和姜妙香唱的《打侄上坟》等。

这些唱段、念白给我留下极深的印象，有些感兴趣的，经常是留声机里在放，我在旁边跟着唱，甚至到已成耄耋老人的今天，还能背唱其中的一些名段。

萧长华是著名的丑行表演艺术家，卓越的戏曲教育家，他在富连成科班任教三十六年，新中国成立后一直在中华戏曲学校任教。他有一条好嗓子，又亮又脆，非常适合丑角这行当的道白和唱腔。在《荷珠配》中，他扮演的是刘员外的仆人赵旺，因刘家遭遇大火，家产烧光，暂居破庙中，饥寒交迫，无奈之下刘员外只能派赵旺上街要饭。赵旺以“数板”形式，说了一段表现要饭的内容，十分精彩，我现在还能记住那上口、流畅、滑稽的词句：“我要的是——稀溜溜的饭儿，滑溜溜的菜儿，虎皮酱瓜儿咸鸭蛋儿，鹿尾巴根儿下杂面，老太太嚼不动的烧饼盖儿，小孩子抖搂了漏的包子馅儿，吃不了的剩菜和剩饭儿。炸丸子、烧子盖儿，烩鸭条、熘鱼片儿，燕窝鱼翅来他半碗儿，海参鲍鱼给我一盘儿。穿不了的大衣赏我几件儿，玄狐领子儿，维新缎子面儿。有吃有喝我缺俩钱儿，大银圆赏我几块儿，花不了的钞票赏我几沓儿。天宝石、金刚钻儿、翡翠的扳指儿、金镯子儿、珍珠串儿赏我几挂儿，我这个不是来要饭儿，简直是热病没有出汗儿。我那好心积德的老爷子嘞！老爷子，我饿呦……”内容朗朗上口，又都是说的反话，听的人都哈哈大笑。孩子记忆力好，几遍就都会背了。留声机里一放，几个孩子一齐跟着背，声震房梁，满屋子乐不可支。这唱片，简直就是我们这帮孩子的快乐源泉。

金少山是净角大花脸，嗓音洪亮，他在《锁五龙》中扮演单雄信，开头一句如洪钟大吕一般，“号令一声绑帐外……”真是震人心魄。

马连良唱的《十老安刘》，又名《淮河营》，他扮演蒯彻，去劝说淮南王刘长反“吕后”的一大段唱腔，潇洒流畅，将马派的风格和蒯彻的人物性格融合得天衣无缝。说服了刘长以后有一段“流水”唱腔，“得意洋洋笑连天！看半副銮驾排列站，这一场荣耀非等闲……”这经典的唱段，我真是百听不厌。这留声机放在我屋里，我只要放学回家，就不让唱片闲着，一张张、一遍遍反复放。

梅兰芳当时被称为伶界大王，尊称为“梅大爷”，在京剧界有极高的威望。《凤还巢》是其代表作，他扮演雪娥一角色，其中几句“流水”唱腔，至今记忆犹新。“母亲不可心太偏，女儿言来听根源。自古常言道得好，女儿清白最为先。人生不知顾脸面，活在世上也枉然……”梅兰芳唱得婉转动听，音色优美，句句打动人心，达到了青衣、花衫这行的顶峰了。家里我父亲和三叔都是戏迷，尤其喜欢梅派，平时谈论京剧时，对梅兰芳的赞美总是溢于言表。听他们的言谈解说，听唱片中梅大师婉转悠扬的唱腔，真是极大的享受，受益颇多。后来我一直喜欢画京剧人物，画中人物虽然外表看只是形象、架势，但贯穿里面的精神，却是我当年从唱片得来的滋养。

在唱片中，还有老旦李多奎的《钓金龟》。李多奎是当年老旦这行当的代表人物。老旦嗓音必须宽厚，要表现出老年妇女苍老而不衰败的音色。李多奎的《钓金龟》堪称经典，是当年家喻户晓的唱段。那时，黄城根菜市场的商贩和拉货的车夫们，经常会在开玩笑时，扯开嗓子，唱上一句里面的唱腔："叫张仪，我的儿啊……"还都是有腔有调。一方面是戏称对方为"我的儿"，另一方面也体现了京剧在这片土地的影响之大。那真是"但有人流处，必有皮黄腔"。

我家的留声机柜中，还有曲艺类的唱片，给我印象最深的是一套鼓界大王刘宝全的京韵大鼓《大西厢》的唱片。这也是我的最爱，百听不厌。至今，我都喜欢这个剧种。

刘宝全要按唱歌论，应当属于男高音。音色美，声音高亮，咬字讲究，字字交代得清楚，而且韵味十足，真是余音袅袅，不绝如缕。后来的骆玉笙等，都是宗法刘派的。"二八的俏佳人，懒梳妆，崔莺莺得了这么点儿病……"我每天都听得如醉如痴，常感到此曲只应天上有，人间能得几回闻。那拐弯抹角的细微处，真是恰到好处地刻画了人物性格。几十年过去了，我到现在都能学唱出来，可见入迷之深。

谭鑫培就爱听刘宝全的京韵大鼓，还劝他改变河北家乡的“怯音”。刘宝全在谭鑫培的指导鼓励下，艺术日渐成熟，得到鼓界大王的美誉。也有不少京剧演员，从京韵大鼓的唱腔受到启发，吸收了其咬字发音的技巧，使京剧和京韵大鼓，在北方的土地上，成为大众喜爱的艺术形式，成为常开不败的奇花。而这架老式留声机，就是我艺术启蒙的挚友。

在这些唱片中，还有一部分是上世纪三十年代上海的流行歌曲，当时有名的歌星都有唱片发行。我家唱片中有周璇、白光、姚莉、李香兰、龚秋霞等人的作品。歌曲有陈歌辛作曲、范烟桥作词的《夜上海》，由周璇演唱：“夜上海，夜上海，你是个不夜城。华灯起，乐声响，歌舞升平……”周璇不仅音色甜美，音质细腻，而且吐字清晰，婉转动听，迷倒了亿万歌迷。她唱的每一首歌都风靡全国。《天涯歌女》《四季歌》，几乎人人会唱。我记得小时候听唱片时，听到“郎呀咱们俩是一条心”时，我总把“郎”想成“狼”，还老疑惑，人怎么能和狼一条心呢？后来去问大人，叔叔告诉我这是两个同音字，“郎”是少年男子，不是大灰狼的“狼”，这段小插曲成了姐姐嘲笑我的话柄。

李香兰演唱的《夜来香》，是由黎锦光作词作曲，“那南风吹来清凉，那夜莺啼声细唱，月下的花儿都入梦，只有那夜来香，吐露着芬芳”。不但词那么优美，如诗一般，而且曲子也很有特点，它是欧美风格，伦巴节奏，很适合做伴舞音乐。

我记得有一年初夏的傍晚，我姑姑下班回来，兴致极高。她把客厅的花瓷砖地面打扫得干干净净，又用滑石粉扑撒了一遍，踩在上面滑溜溜的。我们这些孩子兴奋极了，像滑冰一样在上面打出溜儿。吃过晚饭，她把留声机搬出来，把全家都唤到客厅，原来她要开家庭交谊舞会。留声机播放的伴奏舞曲就是这首《夜来香》。我的两个叔叔、姑姑和母亲都上场，他们的舞步舞姿和这舞曲完全吻合，他们跳得满场飞，我们这些孩子，也自顾自在里面随乐曲乱蹦，全屋弥漫着轻柔、欢快。其中我当医生的三叔跳得最好，他还自己加入一些新鲜优美动作，惹得全家人一块儿给他喝彩。

我姑姑的职业是翻译，她选的唱片多是外国歌剧，用的是美声唱法。我奶奶是传统老式妇女，一点儿听不懂，就问我姑姑：“这鬼子在嚎什么啊？这么难听！”姑姑哭笑不得，也没法解释。后来，我们这些孩子就把她喜欢听的洋文歌曲叫“鬼子嚎”，成了家里传袭的一个代名词。

我小时候的生活环境很有艺术氛围，听的是中国传统的京剧、京韵大鼓。墙上挂着名家的书法作品和各种风格的山水花鸟画。长期沉浸其中，慢慢就悟出了其中的相通之处。中国的写意艺术表现手法，从京剧的唱腔韵味到书法字形结构和章法的韵律美，都是一致的。

金少山的唱腔雄浑大气，像颜真卿的楷书；李多奎的老旦唱腔，韵味苍凉悲壮，又像汉朝的隶书；梅兰芳旦角的婉转优美、一唱三叹的流水唱段，又像赵孟頫的行草。我在学习书法的过程中，耳畔经常响起他们的唱腔，感觉何其相似。电视普及后，我特别喜欢戏剧节目，边看边手拿铅笔、本子不停地速写，就这样画了无数的京剧人物。我热爱戏的根，就是童年时代从留声机中听来的。留声机不仅播出了美妙的声音，也撒下了我一生热爱艺术的种子。

父辈的梨园朋友

我父亲和我三叔都是戏迷，而且还是票友，曾正式扮装登台演出，并且和梨园界的一些名人多有来往。交往密切的我记得京剧界有裘盛戎、谭富英、茹元俊、叶盛长等，评剧界有喜彩莲、魏荣元、小白玉霜等人。

给我留下深刻印象的，是上个世纪五十年代初期的一天下午，我听见有人敲门，我跑去开门，只见一个浓眉大眼、仪表堂堂的中年男子，推着一辆深绿色的自行车，这是英国进口凤头牌的。车身锃光瓦亮，光芒四射，黑色的线闸（用钢丝绳操控的车闸），像蟋蟀的两根触须，在车把前弯弯地垂下，银灰色的摩电灯装在前叉子前方，电喇叭在车把的左侧。这车在当时是名牌车，配件最时髦齐全，我忍不住多看了几眼。

他告诉我要找我父亲，我请他进院儿内，告知父亲请入客厅，听我父亲称呼他“盛戎”，我才知道这就是大名鼎鼎的裘盛戎先生。他进屋坐在沙发上和我父母聊天，说话时鼻音很重，有些瓮声瓮气的。我仔细打量他，他的鼻腔和鼻孔比一般人大，所以鼻腔共鸣特别好，

漫画裘盛戎

这是他唱好净角的先天条件。那次他送我父亲一张肖像照：光头、浓眉、鼻孔大、眼睛大而炯炯有神，这张照片一直挂在客厅墙上。

裘盛戎曾送给我父亲几张在中山公园音乐堂演出《盗御马》的戏票。那是一个夏天的晚上，我父亲带着我们几个孩子去听戏，裘先生饰演窦尔敦。一开场有一段唱，开口就赢得满堂彩："将酒宴摆置在聚义厅上……"当他下山去盗御马时，脱去长袍，有一系列身段动作，个个精彩。最为惊人的是他跳起双脚后，用双手拍打双脚，伴着锣鼓点儿"邦嘚啷当才"，正好落地站稳，还有一个漂亮的、半蹲下的造型。真的是干净利落，那是满堂叫好。裘盛戎把架子花脸的身段表演，和铜锤花脸的唱功巧妙地结合，达到视觉和听觉的双重艺术享受，形成了裘派艺术，当时有"十净九裘"的赞誉。

裘盛戎的妻子叫李玉英，也多次带孩子到我家来做客聊天。当年李玉英也就有三十岁上下，中等身材，皮肤白净，身穿旗袍、平底绣花鞋，一看就是一个有身份人家的夫人。他们的大女儿叫福来，当年有五六岁的样子，十分活泼，嘴特别甜，总是十分亲切地称呼我们"哥哥""姐姐"。

速写裘盛戎《盗御马》

裘盛戎和李玉英夫妇连着生了五个女儿，还没有男孩儿，他和我父亲说："我就缺把小茶壶（男孩）。"一九五七年，他们终于有了一个儿子，取名裘鸣。裘盛戎非常高兴，为儿子大办满月。那天时任中宣部副部长的周扬也到场赴宴，我父亲也参加了宴会。回来和我们说，裘盛戎十分高兴，喝了许多酒，最后端上蛋糕时，他已经醉了。再加上激动，上手就去抓蛋糕，弄得满手都是奶油。听说在一九六一年，他又生了第二个儿子，取名裘二鸣，但这个孩子先天聋哑，他的长子就成为唯一继承人了。一九七一年裘盛戎因肺癌去世，年仅五十六岁。裘鸣入戏校学戏，正式改名裘少戎。

我父亲与谭富英很熟，常到谭家做客，有时也和我们说起他在谭家的见闻。

谭家几代人都是梨园行的代表人物。谭富英的曾祖父是谭志道，工老生和老旦，为京剧老旦行当奠定了基础。祖父是谭鑫培，这是京剧史上开宗立派的人物。父亲是谭小培，是一代京剧名宿。谭富英是谭小培的独生儿子，是新谭派的创始人。早在上个世纪三十年代，即已成名。

谭家是世代梨园行，家规十分严格。长幼尊卑的关系、礼节一直被传承。我听父亲说，已负盛名的谭富英演出回家后，先要到父亲谭小培住的正房拜见，而且要垂手而立，不能坐下，听父亲的询问和指教。得到父亲允许，才能回到自己的房间休息。

中国京剧院的著名武生茹元俊，也有时到我家看望我父亲。茹元俊家也是京剧世家，他凭借自己的先天条件和后天的刻苦练功学习，很年轻就成名了。我记得五十年代一个夏天的晚上，他来我家，那真是一表人才。他上身穿白衬衫，下身穿淡米色的西服裤，身材挺拔，面相俊秀，走起路来像走台步一样，一看就不是一般人。长期的舞台生活，使他一举手、一投足，都带有舞台的做派。他右手里拿着一把折扇，边走边不停地用扇子拍打左手。七十多年前的事儿了，至今我还清清楚楚记得这一幕。

唱评剧的喜彩莲和魏荣元是夫妇。在五十年代初，喜彩莲请我父亲到她家吃饭，那次父亲是带我去的。

喜彩莲住在宣武门外的一个院落里，是老式的二层木楼，院子三面环楼，她住在二层。进她的住宅，她正在织毛衣，长圆脸、柳叶眉、大眼睛。那年她也就三十多岁，正是女演员的黄金时期。她见我们来了，十分高兴，先夸我长得俊，说这孩子水灵灵的。说会儿话，然后让入座，端出火锅，里面的食材可真丰富啊！有猪肉片、白菜、豆腐、玉兰片、海米等。铜火锅中烧木炭，顿时热水沸腾。

眼前这位姑姑，就是当时风靡全国的反包办婚姻评剧《小女婿》中的媒婆“陈快腿”，看她本人可比舞台上年轻漂亮多了。她是评剧喜派的创始人。她十岁拜莲花落艺人学艺，十八岁成名。她嗓音清脆，演唱清新俏丽，同时吸收了京剧、梆子、大鼓等演唱技巧，形成了新颖大方的独特风格。

她的丈夫魏荣元先生也是著名的评剧演员。工老生、花脸，十二岁登台演出。我看过他演的《小女婿》，他在剧中饰演“田喜儿哥”。他长得高大英俊，剧中小白玉霜饰演杨香草。因为此剧是解放初年宣传婚姻法的代表作，所以家喻户晓，极为流行，到现在我还能唱其中的片段，这也是魏荣元的成名之作。五十年代的一年秋天，正好我放学后在院子里玩儿。魏荣元骑车到我家，推着自行车大步走进院儿里，抬头看看大枣树上挂满了红枣，满脸笑容地说：“嗬！今年大哥家的枣儿长得真好，大丰收啊！”他那笑容和语气真像舞台上的田喜儿哥。我们几个孩子都围着他看，我还问他：“叔叔，您是演田喜儿哥的魏叔叔吧？”他笑着点头儿说：“是啊！你们看过这出戏？”我抢着回答说看过，我们还都会唱杨香草唱的“鸟入林，鸡上窝，黑了天……”。魏荣元听了哈哈大笑说：“好好好……唱得好！”这时父亲出来，让他进客厅坐。这是我和魏荣元唯一的一次相见。

小白玉霜是和我三叔相识的，那时我三叔是平安医院的院长兼内科、儿科大夫。小白玉霜找我三叔看病，俩人投缘就来往越来越多。当时我三叔已经三十多岁，尚未成家，小白玉霜喜欢上英俊文雅的三叔，几次到家里来找他。有一次是我给开的门，她说她叫李再雯（小白玉霜本名），让我去叫我三叔出来见她。她当时很年轻，梳一条大长辫子，这辫子很特殊，是由两股头发编成的，和正常三股编的不一样，所以多打量了几眼，到如今我也不明白，这种编法怎么能编住而不散开。

小白玉霜的生父生母因贫困，在她五岁时从天津逃荒到北京，把她卖给了评剧名演员白玉霜做养女。她本名李再雯，随白玉霜学戏刻苦用心，她长相俊秀，又聪明好学，打下了坚实的唱功基础。十四岁登台演出，挂出了筱白玉霜的艺名（筱与小同音）。她的演出受到广大观众的喜爱，成了评剧的新秀名角。

我奶奶是封建老思想，坚决反对儿子和唱戏艺人结婚，不许我叔叔和小白玉霜来往。在奶奶的坚决阻止下，两人无缘结连理，只能做

速写小白玉霜《秦香莲》

一般朋友了。后来我三叔终身未婚，也不知是否和此事有关。小白玉霜在“文革”中被迫害致死，年仅四十五岁，结束了自己坎坷的一生。

戏曲艺术和我家结下了不解之缘。我的长辈终身热爱它，到了晚年他们也不改初衷。有亲友聚会，他们都会当场自拉自唱为大家助兴，成为家族欢聚的一大乐事。和戏曲界朋友的交往，也是他们心中的美好回忆。

父亲的车

自行车

在上世纪初，自行车可是稀罕物，那时还没有国产货，大多数是从英国进口的“三枪”“凤头”，还有从德国进口的“蓝牌”。

因为我父亲从上世纪二十年代末参加工作，一直是洋行高级职员，收入较高，他又很喜欢玩儿车，所以他不久就买了辆三枪牌赛车。所谓赛车，就是比赛用的自行车，车轮很细，车把是向下弯的，人骑在车上，上半身要向下倾，几乎是趴在车身上，这样可以减少风的阻力，速度当然也快多了。

“三枪”的商标牌子在自行车前叉子的正中央，有一个三支枪交叉在一起的图案。不只在车前面，几乎在自行车的每个部件上都有这个图形。例如前后车轴、脚蹬子、车座子上等，拆洗车轴时，在露不出来的轴承上，都能看到这个标志。

“三枪”车的质量十分坚固，骑行多年，各个部件都没有磨损、变形的痕迹。上世纪七十年代初，父亲六十多岁了，那时他已经成为一个工厂烧锅炉的工人，还骑着它上班。他每日身着白衬衫、白短裤、白袜子、白皮鞋，还戴着白手套，骑着这辆“三枪”赛车，穿梭在大街小巷。当时“文革”尚未结束，满大街的衣装主要还是灰蓝绿，冷不丁冒出这么个白色老头儿，倒成稀罕物了。

有认识我父亲的人告诉我：“每天早上固定时间，固定路线，在公交车站等车上班的人都认识你爸了。一见这穿一身白衣服，骑着赛车的老头儿飞奔过来，打老远就都给他鼓掌叫好。他还满面笑容挺起身子大撒把，向大家招手致意。”这个老顽童和他的赛车，成了每天早晨从西安门到德胜门外的一景儿了。

除了“三枪”，家里还有一辆“蓝牌”。“蓝牌”自行车是德国进口的，当时自行车的车轮直径有二十八英寸和二十六英寸两种型号，俗称“大二八”和“小二六”。这辆“蓝牌”男车（有大梁的车）就是“大二八”的，车轮大，车身高。这种车的车架子没有接口，是整体成型的，后车轴很粗，是“倒轮闸”。什么是倒轮闸呢？就是车把上没有刹车的钢把，如果想停车或减速，把脚蹬子反向轻轻一蹬，车就停下来了。当然这个动作得练习适应，要不猛一反蹬，车突然一停，容易摔倒。那时晚上路灯少，黑灯瞎火的，很多骑车人，都是在车前面装个有电池的方形手电筒。侯宝林先生有段相声，讽刺一个人不舍得买灯，骑车照明提个纸灯笼，结果烧着了。这当然是戏谑，但晚上骑车确实需要个照明的装置。这辆“蓝牌”就自带摩电灯，在车的前叉子上装有一个能发电的摩电辊子，想让灯亮时，一扳辊子头，就和轮胎贴在一起了，车轮一转就发电，骑得越快，车灯就越亮。我父亲去上班，总是提一个皮包，皮包盖儿上有两个皮带做的别子，他把皮包盖儿挂在大梁上，把盖儿上的别子扣好，骑上车就出发了，天天如此。

这“蓝牌”车，在我家使用了四十余年，没出过什么毛病，可见质量之好。我大学毕业分配在石景山区工作，每个周末回家都是骑着这辆“蓝牌”，每次往返四五十公里。七十年代中期，有一天我骑在大街上，有一老先生从后面追上来，并排和我骑行，眼睛紧盯着这辆车，我不知所以，心里直发毛，问他：“您老跟着我有事吗？”他笑了笑说：“看您的车！”并说：“我研究和收藏车，这辆蓝牌倒轮闸是一九三七年德国造的，现在国内很少见了。”又说：“您反正是骑着上下班用，我用一辆全新的飞鸽自行车和您换，怎么样？”那年代一辆新的飞鸽自行车是一个人三四个月的工资，还得有自行车票和工业券才能买到。但我想这是父亲的爱物，就婉言拒绝了。遗憾的是，这辆跟随了我家四十多年、服务两代人的宝贝，在八十年代初放在楼道里时被人盗走了。一辆车骑近半个世纪，也真算是物尽其用了。

因为从小看父亲骑车，我对自行车也很感兴趣，七八岁就想学着骑，觉得骑车好玩儿，也是当成游戏了。但车都高大，我只能“掏裆骑”，将右脚从大梁下斜穿过去，踩上脚蹬子，一下一下小距离地往前使劲。一开始我叔叔还在后面扶着车座子，怕我人小车大，控制不住

跌倒，有一天，他悄悄地把手拿开了，我也不知道还继续骑，竟然掌握住平衡，学会骑车了。

我家正院比较大，东西向有二十米，南北宽也得有十六七米。

东、西各有一个花池子，院子中央摆放一个大鱼缸，三间北房前搭了一排遮阳棚，有四根方立柱支撑着，这些都成了我练车的障碍物。每天放学回家，扔下书包就开始练车，穿行在花坛、鱼缸、立柱之间，左盘右拐，还真没失手撞上过。后来我姑姑买了一辆坤车（女车），没有大梁，我就可以站正了，虽够不着车座，但站着两脚踏蹬子也飞快地跑起来了。我越来越得心应手，越来越上瘾，就老想上街骑，家里大人坚决不允许，说人太小，怕出事故。有一次，一个同学骑了一辆车到学校，我看见车就心里痒，放学时就借他的车，从丁字街绕西四牌楼，又拐进马市大街，转了一大圈，觉得又快又爽。这是我第一次上街骑车，那时也真是年龄小脑子缺弦儿，还贼大胆，也不想想在熙熙攘攘的闹市出了事故怎么办？回到家自然少不了挨了顿训斥。

大约在一九五二年，我父亲从西什库口的“五区合作社”（彼时的商店），买了一辆小轱辘、红色的可以折叠的自行车，打开比现在的儿童玩具自行车稍大，中间大梁有个扳手，往上一扳，前后车轮可以叠在一起，车把可以翻转下去，车座子也可以缩下去，外出旅行携带很方便。待我稍大些，这个小车就让我使用，成了我上下学的代步工具。

记得有一天早晨上学时，在西安门大街上，我跟在一辆公交车后面骑行。这辆大公交车刚过去，就有一个女生出现在眼前，她要过马路，躲闪不及，就一下子撞上了。所幸由于车小，速度也慢，才没有撞倒撞伤，但这也把我吓得不轻。从此，我再也不敢跟在大车后面骑车了，因为车大挡视线，很容易和猛一出来的车、人相碰。我上高中以后，骑车就成了主要的外出交通方式，很少坐公交车，几十里的路，骑上车一骑绝尘，就跟玩儿一样。

汽车

在迁居西安门黄城根这所大四合院以后，大约是一九四六年，我父亲买了一辆美国产的福特牌小轿车，黑色车身，双排座可以坐五个成年人，前面是长鼻子机器盖，后面有些像前些年街上跑的，没有后备箱的两厢夏利，能放少量物品。

我家的大院是坐西朝东，三开间的房子。中间的开间比较大，作为出入正门。靠北一间是门房，是供看门人住的。靠南一间就当成了车库，设了两扇门，都打开汽车就可以进来。车库朝院子的一面是敞开的，修一个斜坡，可以把车开进前院儿，在院子里洗刷、维护。这些活儿平日都是父亲自己动手操作，他可能把这车当成他的玩具了，也是百擦不厌。平时外出上班，他都是骑自行车，只有全家人一起外出时，才开汽车。开车前一天，他要用水先擦洗车身，等车身干了以后，还要上一遍护车油，再用软干布擦拭，擦得全车锃亮。用湿、干毛巾擦车窗玻璃，再用小笤帚把车内座位上的浮土都扫干净。然后把汽车的前发动机盖掀开，把发动机上八个汽缸的打火器都拆下来，用布将部件上的黑色炭末擦掉，再放到厨房灶口上烧烤一下，他管这叫“烧嘴子”，都弄干净了，再装到发动机上。我始终不明白这是什么道理，自己猜想是让发动机能正常打火，快速发动机器吧。

每次发动汽车时，都是父亲坐在司机的位置，用车钥匙打开电门开关，脚踏油门。车外面，我叔叔在车头用一个大铁摇把，插入发动机的孔洞，使劲儿摇几下，汽车才轰鸣响起来，然后把大门打开，汽车倒着退出去，就到街上了。每次开车出去，都要经过这番烦琐的步骤。那时我就想：“这么麻烦，我长大可不开汽车。”果然后来我骑了一辈子的自行车。

我经常跟着父亲坐这车出去，印象最深的有几件事。

一件是清明节全家去扫墓，这是家里的一件大事。大人加上孩子，得有七八个人，大人坐着，孩子站在第二排，手扶着前座的靠背，身后有大人护着。我家祖坟就在西郊公主坟的东南角，那是何姓大家族的墓地。当时，公主坟就是郊外了，一片农田，看坟人种着我家买的地，替我家照看坟茔。

从家里上车后，叔叔、姑姑坐在车内，忙着整理弄乱了的或在家没折叠完的要烧的纸钱。他们把每张纸都卷成卷儿，两头拧个结，把金银纸叠成小元宝形，下车前就都整理利索了。到了墓地，父亲停好车，全家人先打扫祖坟，清理祖父坟头上的杂草，再摆供品、上香磕头、烧纸钱，大人嘴里不停念叨和爷爷说的话。仪式都完了，大家围着坟地转转、看看，到看坟的农户家坐坐，说些道谢的话，送些礼物给他。出来再到他种的地边走走，大人和他聊些年景收成、生活情况等，我们几个孩子就到周围野地疯跑。中午在绿地铺块毡垫，吃着家里带来的食物，闻着野外的空气。这天过得总是特别兴奋开心，大人告诉我们这叫踏青。直到暮色升起，我们才恋恋不舍地坐着父亲的汽车回家。后来这块地被政府征用建起了军队大院，从此也就结束了到这里扫墓、踏青的活动。

坐这车外出的另一件让我记忆深刻的事情是到哈德门（崇文门）外打磨厂我外婆家。去外婆家要从西安门黄城根出发穿过府右街，上长安街左拐，到东单牌楼路口向南拐弯出哈德门，再向西进打磨厂。这段路要穿越市中心，人和车都比较多。有一次车开到东长安街牌楼前，突然从岔道里冲出一个骑自行车的人，车的后架子上还绑着一个大柳条筐，紧急踩刹车也得滑行几米，结果一下撞在他车后面的筐上，因为有这大筐挡着，人和车才都没受损。那骑车人也自知理亏，筐有些瘪损也无大碍，所以二话没说，爬起来拍拍土，整理整理筐，就骑上车闷头走了。他走了，这车里人可吓得不轻，又加上急刹车，弄得母亲一路都闭着眼睛，直说头晕。再看我父亲，眼镜后面双眼发直，跟他说话也没反应，自己愣愣地喘粗气，在原地呆了好半天才慢慢缓过神儿来，小心翼翼地把车开回家。

记得还有一次也是从外婆家回来，有两位亲戚要搭这车，说拐个弯就把他们带回家了，大人也不好回绝，只好拉上。那天我父亲在外婆家吃饭喝了酒，坐在驾驶座上，一出气都是酒味儿，吓得坐车的亲戚直嘀咕：“喝了这么多酒还敢开车？不怕出事儿啊？”父亲笑笑说：“没事儿，我清醒着呢！”母亲也很无奈，必须得回家呀！这一路上，全车人都战战兢兢，我站在后排扒着前排椅背，不错眼珠儿地看着前方，虽于事无补，但跟着紧张！所幸把亲戚平安送回，我们也在提心吊胆中终于到家了。

一九四九年以后，由于国内的政治形势等多方面的原因，这车就没再使用，一直放在车库。后来，它就成了我们这些孩子的大玩具。我常坐在驾驶员的位置，手握方向盘，嘴里还“嘀……嘀……”学汽车喇叭声，假装开车。有时弟弟、妹妹们坐在车后排，拿个盒子当礼物，说坐车去外婆家了，给外公外婆、舅舅、姨来拜年，嘴里还念念叨叨说些拜年的吉祥话儿，这车就沦落成孩子们玩过家家的游戏道具了。又过了几年，父亲就把它当废品，低价卖给修汽车的车铺，拆成修车的配件，汽车从我家彻底消失了。

摩托车

我父亲在上海洋行工作时就很喜欢机动车，汽车没有了，他就想起在上海开过的美国军用“哈雷”牌摩托车。我常听他和叔叔谈论摩托车的事儿，他说他最喜欢大马力的车，说“哈雷”的外形如何宽大、壮观，发动起来声音沉稳有力，遇到什么样的路况都能飞驰而过，但是耗油量也很大等，他大概满脑子都是他喜欢车的事，可当时北京根本买不到哈雷了。不久，捷克工业品展览会在北京举办，捷克是东欧社会主义国家中工业最发达的，解放初年，北京公交车就有从捷克进口的“斯柯达”牌大客车。

我父亲怀着极大的兴趣前去参观，其中就有机动车展出，有牌子叫作“佳娃”（JAWA）的两轮红色摩托车。其特点是外观漂亮，还省油，性能又好，他看了试了试，太喜欢了，就订购了一辆。买回来上好了牌照，休息时骑着“佳娃”到处兜风，把北京远郊景点儿都跑

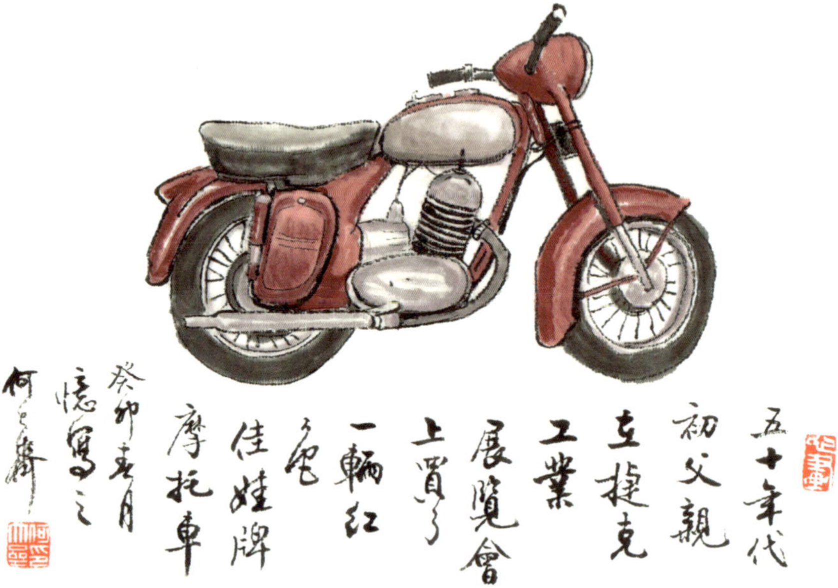

遍了。后来我大学毕业分配到石景山教书，他还用摩托车把我送到学校。记得那天，父亲驮着我，带着铺盖日用品等，出阜成门，一直往西开，那时还没有长安街西延的马路，到了五棵松北口就往南拐，然后往西绕鲁谷、永乐、衙门口、八角村到古城。这一趟，来回得一百多里地，他自己就当兜风玩儿了一趟。

我父亲喜欢车，爱车，他经常在晚上把这摩托车推到客厅，在大灯照射下，细心擦拭车的每个部件。所以这辆“佳娃”车保养得极好，每见到它都是锃光瓦亮，光可鉴人。“佳娃”真成了他心爱的玩具。因为又是大红颜色，显得喜气洋洋，高贵华丽，所以家里人或亲戚来了照相，都喜欢用它做背景，或扶或骑，胸挺头昂，好像这大红摩托车也给人提气了。

上世纪中期，暴风骤雨起，在风卷残云般的大清除中，家里所有物品和这辆车都被“革命小将”拉走了。记得“红孩子”推走这辆摩托车时，乐得眉开眼笑，看着面如死灰、呆若木鸡的父亲说了句：“别财迷了，推走啰！” 从此，这车就没了下落。

在我家借住的亲戚

我家搬入西黄城根这座五进的大四合院后，因为人口少、空房多，就有一些临时居住条件有困难的亲戚，想搬进来借住些时日，奶奶都是慷慨应允，经过长时间的相处，也像自己的家人一样了。

舅爷爷一家人

一九四八年，我奶奶的弟弟，我们叫他二舅爷的一家，住在白纸坊一带，他在印刷厂工作。那里当年是北京城西南的边缘地区，没有什么像样的建筑，都是大片的农田。那年，解放军正包围北京城，枪炮声不断，他们听到炮声就害怕，想搬到位于市中心的我们家暂住一段，以躲避战火。我奶奶同意了，很快他们就搬过来了，安排他全家住三间东厢房。

二舅爷中等身材，身体微胖，眼睛大大的，在我印象中眼睛总是瞪得滴溜圆。他和人说话言语态度总是很亲切和善，他笃信佛教，是佛祖的忠实信徒。

当时四合院中老鼠特别多，它们不仅啃咬物品，偷吃粮食，而且在纸糊的顶棚上“咚咚咚”乱跑，给人的生活带来很多干扰和不安。那时消灭老鼠没有什么药物，而是使用一种特制的夹子，俗称“耗子夹”，铁钩子上挂一些食物，只要老鼠去吃，一触碰了机关，铁夹子立刻弹蹦下来，把老鼠夹死。

二舅爷的家人也在屋里设下了鼠夹，还真管用，第二天早上就发现一只老鼠被夹死了。这么一件再普通不过的事，在二舅爷家可引起了轩然大波。佛教的教义是不允许杀生的，就是讨厌的老鼠，也是一条生命啊！这犯忌的事儿，让这位虔诚的佛教徒知道了，真如同天崩一样，只见他满脸惊慌，手足无措，异常悔恨，不停自责。当时我看他脸色煞白，不停地祷告，连连向佛祖诉说自己的不是，说治家的失责，求老天宽恕他，求老鼠的在天之灵别降罪，以后好好供佛修行等，这只被夹死的老鼠，让他好多天都忏悔祷告，缓不过神来。大家都百般劝慰开解，他才慢慢平静下来。鼠夹让他给扔掉了，从此和老鼠和平共处。

他的老伴，我们这些孩子管她叫二舅奶奶。中等身材，不胖不瘦，长脸盘，总是笑眯眯的。在我奶奶面前，老是毕恭毕敬，满脸带笑地和奶奶说话。比如奶奶坐在沙发上，她总是站在旁边，双手插在袖子里，奶奶让她坐也不坐，还连连说:“站惯了，站惯了！”其实她们是姑嫂关系，我想她一定有寄人篱下的心理。但我们这些孩子，都喜欢到她屋里串门、玩耍。她对我们这些孙辈也特别好，哄着我们玩儿，一块儿聊天，夸我们长得好、聪明懂事等，还经常拿一些好吃的东西给我们。

我记得有次奶奶过生日，剩下了一瓶白酒。当时我只有八岁，非常好奇这酒是什么味道，为什么大人们那么爱喝这玩意儿。看周围也没人，就打开酒瓶，像喝水一样“咕咚”喝了一大口，这下子可惹出大麻烦了，开始是辣得我挤眼、张嘴、哈气，过一会儿头晕、恶心，想吐又吐不出来，继而四肢无力发抖，五脏六腑都烧得慌，最后实在是站都站不住了，不敢告诉母亲我难受的原因，就一头钻进二舅奶奶住的东厢房，立马倒在床上，然后什么都不知道了，呼呼大睡起来。到晚上该吃饭了，母亲到处喊我，二舅奶奶说：“在这屋睡觉呐！”母亲对我又拍又叫，又端来水让我喝，最后总算给弄醒了，自然少不了要挨一顿训斥。二舅奶奶一直在旁边给说情：“孩子就是闹新鲜，这回知道了，以后不喝就得了。”还给我吃了块水果，我谢过二舅奶奶，从此一生就与酒绝缘了。

他家有两个儿子，奶奶让我们称呼二叔和小叔。二叔是哥哥，已经在印刷厂上班了；小叔正上中学。

一九五〇年春天，二叔经媒人说合，订了一门亲事，一切都按传统的婚礼规矩办。从相亲、批“八字”、放小定、放大定到迎娶等，繁文缛节，都要照办。因为经济条件有限，虽照办但可以不奢华。唯有迎亲这一环，可不敢含糊，怕娘家挑礼，怕不吉利。

首先，要选一位娶亲太太去迎亲。这位娶亲太太就不好找，她不但必须是中年妇女，而且必须是个“全福人”。何谓？就是此迎亲者一定要亲属俱全。即父母健在，儿女双全，丈夫、兄弟姐妹全都有。那时认为这种人有福气，由她迎亲，这婚姻必定美满幸福，所以这娶亲太太也是百里挑一。怎么那么巧，选来选去，只有我母亲最合适。妈妈也欣然接受了二舅爷一家的托请。

按黄历选好了黄道吉日，母亲一大早起来就梳妆打扮，描眉画眼，涂上红嘴唇，脸都染上胭脂，头上插上红绒花，戴上翡翠耳环，穿上红色绣花的旗袍。我们这些孩子从没见过妈妈如此装束，这么漂亮、喜庆，都围着又看又笑。二舅爷家人也笑得合不拢嘴，说由我母亲去迎亲，太给长脸了。他们雇了两顶去迎亲的花轿，妈妈坐第一顶，不放轿帘，新郎官身着长袍马褂，头戴毡帽，满面春风坐在第二顶，后面跟着几个人是仪仗队、吹鼓手，一行人热热闹闹就奔新娘家去了。

他们走了，这四合院的家里，也一大早就忙活起来了。虽不是我们的至亲，但住在一个院里，就是一家人，他们办喜事，也是全家人的喜事。

正院北房三间，西边一间给腾出来布置成新房，摆上大床，挂好红帐，事先由我妈这“全福人”给铺好了被褥，当成新婚的洞房。东边两间是打通了的大客厅，中间有八仙桌，两边放着太师椅，布置成神案，地上放着红色的跪拜垫子。前来贺喜的宾客也陆续到了，送红包送贺礼的，都由二舅爷家的小叔登记收下，旁边的小桌子上都摆满了。

当听到门外传来了“乌啦哇啦”的唢呐声，“咚咚”的敲鼓声，就知道是接新娘的队伍回来了。大家赶快往门外跑。这天，两扇贴着红喜字的大门双开，竹竿上早已挂好鞭炮，只待此时，小叔上前用香点着了，“噼里啪啦”响声震耳欲聋，青烟弥漫，街上过往的人都来围观看热闹，认识不认识的，从这儿过都给道声喜。

第一顶轿子是新娘子坐，轿帘垂下，新娘端坐里面不动，我母亲坐第二顶轿子，在大门口母亲下轿，款款步行，随前面新娘坐的花轿进入大门，绕过影壁墙，来到垂花门前，轿夫落轿。因为两顶轿子分别让新娘和娶亲太太坐了，按旧规矩新郎官应租匹马骑回来，因为路途也不远，二叔就跟着仪仗队步行回来了。此时，新郎官站在轿前三作揖，我妈作为娶亲太太，也是婆家代表，上前掀开轿帘，搀新娘下轿，并递给新娘一个小瓷瓶，这个瓶子俗称宝瓶，有平平安安之意，重要的是里面还有东西，装有五谷和戒指等。新娘怀抱小瓶，头蒙大红盖头，在娶亲太太搀扶下，缓步穿过垂花门，进了正房客厅。八仙桌上摆着香炉、红烛、水果、点心供品等，周边青烟缭绕，香气弥漫。二舅爷夫妇高坐两旁太师椅上，夫妻双双下跪，拜天地，拜公婆，来宾在后面围观做证。

然后我母亲搀扶新娘进入西侧的洞房，新娘盘腿坐在帐中，俗称

“坐帐”，由新郎揭开新娘的盖头，叫作“露脸”。然后新郎新娘并排坐在床上。这时妈妈又端上半生不熟的子孙饽饽（饺子）和长寿面（打卤面），一人吃一口。按事先安排的，该我上场了，姑姑拉着我到窗户外，让我使着劲儿冲屋里喊:“生不生？”我也不知道为什么问这三字，还以为是问饺子、面条煮熟了没有，让喊就喊呗，反正挺好玩儿。我在外面伸着脖子喊，就听里面二叔粗声粗气地大声回答：“生！生！”满院子的人哈哈大笑。后来我才知道是问结婚后生不生孩子。

婚后这小两口就住在我家前院的两间西房里，第二年还真生了个大胖小子，算起来由我高喊得来的这个孩子，如今也是七十多岁的老人了。

这次在我家举办的婚礼让我一辈子难忘，不但是那热闹、红火、祥和、好玩儿的礼节、场面，更是我那漂亮美貌当“全福人儿”的妈妈，这是我一生在眼前闪动的美景。

这家人和我们一起住了有三年多，后来社会秩序都恢复正常，他们因为在印刷厂上班，离这儿太远，就又搬回了白纸坊的旧居。

七爷

在何姓大家族中，我爷爷排行第九，排行第七的爷爷是他堂兄，我们孙辈都叫他七爷。七爷老伴早逝，留下一儿一女，姐姐叫恩红，弟弟叫恩佩，他们借住在我家西跨院三间北房里，住了大约有六年时间。平日，只有七爷和他女儿常住，我们叫她红姑。他的儿子恩佩不在北京工作，我们称他小叔。小叔是学农业科技的专业人才，在塘沽上班，每逢假日，他才回北京看望父亲和姐姐。

小叔中等身材，年轻漂亮，身着西服革履，小分头梳得十分整齐，好像还抹着头油，一丝不乱，黑亮黑亮的，走起路来挺着腰板儿，大步流星，真是一表人才。他一回来，我就特别高兴，我特别喜欢听他讲他搞设计的故事，喜欢玩儿他包里的一个黑皮盒子，打开里面是各种专业绘图、测量工具，有圆规、鸭嘴笔、画图板等很多我叫不上名的物件。他是农业机械设计的工程师，在他这里，我第一次见到了这些工程科技专用仪器，还能看他如何使用，所以我特别佩服他。

七爷已经是近七十岁的老人了，剃光头，留着山羊胡子，叼着旱烟袋，身上总是穿着中式的大襟袄，缅裆裤，一派老北京人的装束。我现在画老北京风情画，画老头儿的形象时，脑海里就经常浮现出七爷的样子。

七爷毛笔字写得很工整漂亮，经常是戴着老花镜，心无旁骛地看那些竖版的古书。

我们几个孩子最爱听七爷讲故事，他讲起三国、聊斋、民间传说来绘声绘色，声调有高低，手脚还带比画。每当吃过晚饭，我们几个孩子，就聚到七爷屋里，请他给讲个故事！他是有求必应，对我们这些孩子，极有耐心。

开讲前，他必先喝几口水，咳嗽两声清清嗓子，眯着眼睛看着远处，若有所思，一副“未成曲调先有情”的神态。我们也立刻安静下来，瞪着眼睛等开场。“那是不知什么年代的事情了。有七个赶大车的人，到很远的地方拉货，走到半路天就黑下来了。前不着村，后不着店，茫茫旷野没有歇脚的地方。忽然，看到远处有几间小屋子，他们就奔那里想借宿一晚。一推门，”讲到这里，七爷站起来，眼向外看，做出推门的动作，我立刻觉得心揪得紧紧的，大气不敢出，但又急切想知道下面的故事，七爷有点儿卖关子似的稍停，接着又开讲，“屋内不见一人，只有一具死人停放在这里，脸上还盖着一块布。车夫们仗着人多，又都是小伙子，也不在乎。进到里屋，七个人挤在大炕上就睡着了。”说到这儿，七爷喝口水，坐下来看着我们几个，问“还讲不讲”，我们正听得上瘾，就想知道后来发生了什么，一齐仰着小脸儿央求：“还讲，还讲！”七爷瞪大眼睛，压低声音说：“其中有个胆子小的，躺在最里面，一直睡不着，瞪着眼睛看着外屋的动静。只见死人脸上盖的白布一起一伏在动，身子一下立起来了。”听到这儿，我们吓得往七爷身边靠，挤到一块儿，手不由自主都互相拉着，但谁也不说一个“走”字，反而更期待下面的故事。七爷看我们听的愿望这么强，接着说：“这鬼不会迈步，像鸟一样两脚蹦着往前，几下进了里屋。他站在大炕前点着手数人，那个没睡着的车夫吓坏了，使劲把身子往炕里面缩，躲在别人脚下。这死鬼一数，咦！怎么

憶寫七爺
癸卯春

少一个？”至此，七爷还在我们这群孩子头上做数数动作，我们更是个个一动不动，好像身临其境，旁边真有鬼来了。“然后，鬼就对着每人脸上吹了口气，吹着谁，谁就停止了鼾声。当吹到第六个人时，躲他身后那个没睡的胆小鬼，已经是浑身哆嗦。突然，他仗着胆子跳起来，撞开炕里面的木窗，飞也似的跳窗逃跑了。这死鬼愣了一下，跟着跳出窗，在后面一跳一跳地追去。这小伙子看着无路可逃，噌噌几下爬上了一棵大树，这死鬼也想爬，可手指又尖又长，因为传说人死了，但指甲还继续长，所以一下子就扎进树干拔不出来了，只能抱着大树一动不动了。”听到这儿，我们终于长出了一口气，七爷也端起杯子喝了一口水，打了个哈欠，露出了“欲知后事如何，且听下回分解”的神情。那可不行，我们几个一块儿央求：“后来呢？快说呀！”七爷做出“成人之美”的顽皮神情，接着说：“后来，后来天亮了，公鸡一打鸣，这鬼就瘫倒了，被过往的行人发现，把树上那个小伙子救下来了，又架起火，把鬼烧成灰了，其余六个人，阎王爷一算，寿数还没到，就让他们还阳了。”故事圆满结束，七爷笑着说：“今儿就到这儿，都回去睡觉去吧！”

我和姐姐心里害怕，从七爷屋出来，就背靠背，横着往内院走，用四只眼睛多看几个方向，怕转过身后面有鬼上来掐脖子。回到屋里，母亲看我们这个样，又好气又好笑地问：“又听鬼故事去啦？害怕还老去听。”我第一次体会到上瘾是怎么一种滋味，明明心里害怕，过后还想去听。七爷后来又给我们讲了很多聊斋里的故事，对我算是志怪、鬼神文学的启蒙吧！

七爷对年节的祭祀活动，是十分上心的，给我留下最深记忆的就是每年腊月二十三的祭灶仪式。七爷长年供奉着灶王爷佛龛，一张木版水印的粗劣的画上，有灶王爷和灶王奶奶并坐的画像。每到祭灶那天，一大早七爷就到西四牌楼买回糖瓜儿（用白色麦芽糖做成瓜形的糖）等供品，上午就在灶王爷像前的小桌子上都摆好了。

到了吃晚饭前，就开始送灶王爷升天了。祭灶只能男人参加，我是男孩，每次都陪着七爷祭灶。只见他先点燃蜡扦上的蜡烛，再烧一炷香。退后一步，作揖磕头。再揭下佛龛上的画像，先把糖瓜在灶上烧化，把白色的糖液抹在灶王爷嘴上，接着在院子里放几缕干草，还往地上洒一些水，说是给灶王骑的马准备的草料和饮水，最后点火烧掉灶王爷的画像，嘴里还不停地念叨着："上天言好事，好话多说，不好的话少讲。"又作揖，又深深地鞠躬，整个过程满脸的严肃认真，两眼流露出的是对灶王、玉皇大帝坚定的信仰，那真是打心里流出的虔诚啊！看着纸灰被风吹起，这就是灶王爷上天了，去向玉皇大帝汇报一家人一年的作为去了，七爷就静等着年三十再请一张灶王爷画像贴上，那就是为一家降吉祥了。

七爷特别疼爱我，听到胡同里有小贩的吆喝声，总会看看是卖什么吃的，给我买些。有一次卖甑糕的来了，七爷拉着我赶紧出门，叫住小贩，给我买了一块。这是我头一次吃又甜又糯的甑糕。我曾画过一张卖甑糕的民俗画，就来自七爷给我买甑糕的记忆。

我祖父在我父亲十七岁时就得病去世了，所以我始终把七爷当成自己的亲爷爷，也深受七爷的关爱，他是我儿童生活中永远不能忘记的长辈。

突然送来垂死的病人

因为我爷爷去世早，他同辈的亲戚有些是很少联系的，平时也没有什么走动。

有位远房亲戚，奶奶让我叫她一奶奶，她丈夫在何家我爷爷辈大排行第十一，也很早去世了，这位满口京腔的小脚老太太自然和丈夫家的亲戚基本就不来往了。她有个女儿嫁到了东北，她孤老太太一个人在北京无依无靠，就到东北投靠她唯一的女儿去了，一走多少年，没有一点消息。

大概是一九五一年的春天，家里突然来了位二十多岁的姑娘，从火车站雇三轮车拉来一位生命垂危的老人，家里人都莫名其妙，奶奶出去看了许久，仔细辨认，发现是一奶奶。姑娘自我介绍，说是一奶奶的外孙女。她妈说把垂危的姥姥送回北京，放到姓何的族人家里，让给治疗和处理后事。

天下竟然还有这样的女儿？老妈病重给送到别人家里来？可是已经从东北来了，也得管啊！父亲先安排她们住在一间空屋内，一张桌、两张床、几把椅子，一奶奶躺在床上已不省人事。我三叔是医生，经他诊断，是脑溢血重症，已经处于昏迷状态。在当时的医疗条件下，这种病这种状态也只是耗时间了。她的独生女儿在此时不是守床尽孝，而是把这垂危但不知要拖延多久的老妈，不怕路上遥远颠簸，给送到久不来往的亲戚家。那个送她的亲外孙女，我奶奶让她住些日子，照看自己的姥姥。她可倒好，没两天趁家人不备，不辞而别，跑回东北了。清朝有首诗里说："惨惨柴门风雪夜，此时有子不如无。"这样不孝顺的女儿，把将死老母抛到千里之外，这心也太恶了，连地址都不留，也不知她们家在东北什么地方。

没办法，我家只能请个老妈子（保姆），给她喂水喂吃、端屎端尿。这老太太虽已经不太省人事，但嘴里经常呼叫"倒土……倒土……"，我们看着她也很心酸，不知她呼喊的是什么意思，可能是在潜意识里，念叨着在女儿家的生活琐事吧！

大约不到半个月，她就离开了人世。也没法儿通知她女儿，父亲给买了一具棺材入殓，把她埋在我家当时在公主坟附近的墓地了。

这真是一件完全出乎意料，违背天理人伦的事情，她的女儿始终没有音信，就如同处理了家里的垃圾一样，把老人扔出门就再也不管不问了。

这件事在我童年心灵中留下深深烙印，清代《劝孝歌》里说："慈乌尚反哺，羔羊犹跪足。人不孝其亲，不如草与木。"我深以为然。

元宝胡同里的屠户邻居

西黄城根大街是南北向的，我家在路西，顺着大门往北的院外墙，走二十多米左拐，就是“元宝胡同”。这是条东西向的死胡同，因为它首尾上翘，中间下陷，像元宝形，故而得名。这条小巷只有六个街门，从一号到六号，而我家的后门，就是最里边路南的六号，对门是四号，这院儿住的是一个杀猪的商贩，每天早晨从外面用小推车买回几头猪，就在小院中屠宰，收拾完了，送菜市场肉贩子那里。

那时的猪都是黑毛猪，从农户收购来的时候，两条前腿绑在一起，两条后腿绑在一起，躺倒在一个手推车内，从胡同外推进来，猪可能知道自己要被杀，所以一直大声地惨叫。我听到叫声，就跑到我家后门，从缝隙里往外面看。

三个屠夫都是青壮汉子，每人腰缠围裙，卷着袖口。他们先抬来一口大木桶，一条长板凳，再将几根粗长棍子支起，做挂肉架子。为首的那个手拿一把闪闪发亮的快刀，有一尺多长。那头待宰的猪，在车上大声嚎叫剧烈地扭动身子，被绑住的四条腿使劲挣扎，又踢又踹。只见一个屠夫手里拿着粗绳子，冷不丁攥住又长又噘的猪嘴，用绳子绕几圈，给捆紧了，这是防止猪咬人。另外两个人把猪抬到大长板凳上，一人右手操刀，左手往上一扳猪嘴，一刀就准确地插进猪的脖颈处，使劲儿一拔刀，血一下子就喷出来，流入下面接着的大木桶中，桶里事先放了一定量的水和盐，因为猪血遇到盐就会凝固，所以血流进去，一会儿就凝成了猪血豆腐。猪虽然已被抹脖子，血也不停地流，但它的四肢还在抽动，看着真吓人啊！我虽然是从紧闭的大门缝里往外看，但因为距离近，门缝又宽，就和在眼前一样。虽然心里害怕，但又特别想知道后面怎么办，就硬着头皮不回屋，坚持着看。

放了血，猪慢慢不再动弹，屠夫紧接着就把猪头、猪尾、四个蹄子用刀剁了下来，把没了头尾、四肢的猪身子，用大铁钩子给勾起来，挂在木架上，从肚子中间剖开，几个大筐在下面排列接着，把心、肝、肺、肠子、腰子分别装进去。他们又用水桶接来清水，冲洗肚内的血水。这时，他们身旁灶上大锅里的水已经烧热，把猪摘下来扔到热水中，稍泡一小会儿，让皮肤表面软一些，开始剃猪毛。猪毛是做毛笔和刷子的上好原材料，所以也都集中在一个盆里。这时，几十分钟前嗷嗷乱叫的大黑家伙，已经变成了两扇白白的猪肉，挂在架子上了，其他部位也都分筐装好。一头猪，浑身上下没有废物，全都是宝。听大人说，就连猪蹄子上的指甲壳，都是种花草的好肥料。如果花池里埋下几个猪指甲，满池子的花一夏天都长得茂盛。

记得在那次屠宰过程中，还出了个“事故”，有一头猪不知怎么没

螞蟻尚且貪生
八戒飛奔如風
猴哥快來救我
天蓬定謝師兄
題屠戶宰豬
癸卯初春

拴紧，结果挣脱了绳索，顺着胡同蜿蜒的小道，冲胡同口飞奔而去，上了大街。几个壮汉撒腿就追，在生死关头，这猪跑得比狗都快，两只大耳朵上下扇动。胡同里、街面上的行人都赶紧躲闪。那个速度，要让它撞一下，可真不是玩儿的！当然，它最后还是被抓了回来，也没逃过一死。看这杀猪场面，真是心惊肉跳，我被大人拽回屋里，半天都缓不过神来。有好几天，我一看见饭桌上的猪肉就会反胃。

自从那一次看了杀猪过程，后来再听到后门外猪叫，我是死活不再去看了。连我养的、时刻不离我的小狗“汤米”，听见猪叫，都夹着尾巴往前院儿跑，可能觉得离后门越远越安全吧。

我说的这件事，距今至少有七十年了。在市中心胡同里杀猪，今天听来简直不可思议，但是那时城市居住人口少，又都是个体小农经济，所以也是那个年代的产物。

如今随着社会的发展，生猪宰杀早已摒弃这种落后、残忍、原始的方式了。大机器、流水线，使猪肉的品质和卫生都有了飞跃式的改变，猪在临死前大概也不会再经受这样的惊吓和痛苦了。

元宝胡同在后来北京城的大规模拆改变革中，竟然幸存下来了。我前两年曾去此地，胡同尚存，但胡同的名字已不复存在，六个门牌号也全变了，与黄城根大街的门牌顺接下来了。

童年魅影

我家这所四合院从房子外貌看，大约是民国初年修建的，门窗和房顶都有些老旧了，大多数房间没人居住，堆放一些杂物，都落了很多灰尘和蜘蛛网。尤其是后院东北角的一间小房，因为一棵粗大的臭椿树遮蔽，终年不见日光。这是祭祖神的祠堂，房内只有一个用砖砌的祭台，从来无人打扫，也没在这里祭过祖。奶奶说这是“佛仙楼”，阴森森的，我只从外面看过一眼，因为心里害怕，扭头就跑了。

前院五间南房的背后，有一条又窄又长的长满杂草的小路，通向一个小院，中间有一口井，井旁长着一棵大槐树。树干粗大，直径得有一米，两个孩子都抱不过来，树荫盖住了整个院落，也是整日不见阳光，阴暗潮湿，杂草丛生，中间藏着各种昆虫和草蛇，这也是一处很吓人的地方。听大人说，我家没买此院落之前，曾经有一妇女带孩子在此跳井自杀了，这就更增加了恐怖气氛。到了夏天为了吃一口冰凉的西瓜，我在叔叔的带领下用网兜装两个西瓜，用长绳把西瓜系落井水里，冰上一天，吃过晚饭，再去把西瓜提上来。这一切，都是跟着叔叔壮着胆子，这个被我们叫作“井院”的可怕去处，我自己可不敢去。

有年放暑假，我们几个孩子相约一起去井院，想用长绳试一试这口井有多深。大伙儿就商议怎么测量，绳子上是否要拴块大石头，好把绳子拉直。石头还没找到，我弟弟已经把绳子头垂下井口，绳子突然迅速往井下坠落，弟弟赶快拽住绳子，但绳子下面好像有人在用力往下拉，力量非常大，几个孩子一起往上拽也拉不住，大伙都害怕了，同时撒手，只见绳子呼噜一下子就沉入井水中了。吓得我们几个孩子撒腿就往外跑，跑到垂花门口，才停下脚步，个个脸色煞白，喘着粗气，面面相觑。我说了声："真是活见鬼！"吃晚饭时跟长辈们说起这件事，但大人们对绳子落井之事不置可否，只是反复嘱咐孩子们不要到井边去玩，他们说担心的是小孩子落井有生

命危险。这事虽然再没有人提起，可在我心中又增加了一层疑惑和不解：“难道真的有鬼？”

我家正院南面，是垂花门和东西两侧的游廊，东、西厢房各三间，北边是三间高大的正房，正房东西各有一间耳房。我童年时，就住在三间北房西侧的一间，床就靠在两扇大玻璃窗下。有一次睡到半夜，我醒了坐起来，月光照在院子里。在树影中，看到一位穿一身白衣服的女子，站在院子中央的大鱼缸前，手扶鱼缸，仰头望月。我当时很疑惑，这是谁呀？深更半夜站在鱼缸前？夜晚在月光中看东西是若隐若现的，我恍恍惚惚也看不清楚，但肯定不是家里人。我听过一些鬼故事，当时我脑子里忽然闪出这是鬼的念头，赶紧躺下，不敢再看了，我想准是跳井自杀的女鬼出来了。早晨起来，我告诉了爸妈，他们安慰我说：“你睡迷糊了，看差眼了（没有看清的意思），哪有什么鬼呀？”

后来我搬到西边的耳房住，耳房靠西墙有一个大沙发，可以当床睡觉，沙发的北边东西两侧墙上各有一个门，东门通三间大北屋，西边的门通卫生间。我在这儿睡时，头朝南、脚朝北。有一次也是夜里醒了，模模糊糊看见一身着白衣长袍的女子，从东向西走过去，而且还听见长袍摆动的呼呼的声音。

我三叔是医生，没有家室，一人住在三间西房。平日收拾屋子、洗衣服这些杂事，就雇用了一个五十多岁的女佣来操持。有一年冬天，女佣去西屋为取暖用的炉子添煤，提着煤桶，拿着煤铲，却不敢开门进去，非要我妹妹替她开门，我妹妹年纪小不懂她的心思，跑过去替她开门。一开门，只见正对门口的炉子边，背对着门站着一个戴毡帽的男人，一听有人开门，还回头看了一眼，就走进了靠南边的屏风后面去了。我妹妹还追到屏风后一看没有人，这时她才意识到，可能是遇见“鬼”了，女佣不敢开门，或许是她曾见过这个影子。

我家后来养了一条狗，姑姑给它起名叫汤米。这条狗是我照料长大的，如喂食、喂水、搭狗窝、垫棉絮等，所以这条狗和我很亲。在夜间，我经常听到小狗在院子里狂吠，我就隔窗看，这条狗总是对着前院的一个方向叫，我一直疑心是井院又有白衣女子在活动，所以惊动了狗。

我后来读书受教育，树立了唯物主义的世界观，不相信神鬼之事。只是多年后与家人回想起来，仿佛都曾经历过那样心中惴惴的鬼魅时刻。如幻似梦，是留在童年旧时光里的一抹浓重的墨影了。

童年夏天

我小时候，北京的夏天气候十分炎热。进入伏天，最高温度可以超过四十摄氏度。柏油马路都被晒软了，一过车，就会碾轧出两道沟。商店门前的锡镴招幌都变软、走形了。不仅热，而且多雨潮湿，就是坐在阴凉地儿不动，也是汗流浃背。能带来些许流动空气的，只有手里不停扇的大芭蕉扇或折扇了。

家境好的姑娘、小姐、妇人，手里都喜欢拿绢制的团扇。上面多用秀丽的行书题写着："绿树阴浓夏日长，楼台倒影入池塘。水晶帘动微风起，满架蔷薇一院香。"或者画上山水画和花鸟画。我姑姑还爱在团扇上喷一些香水，扇出的风有一股淡淡的清香。看着字画，扇着香风，可能也真有消暑去燥的功能吧。

记得我家有位亲戚，喜欢夏天来家里串门儿。这是位老太太，可是梳着大背头，穿着凉爽的淡蓝色的竹布大褂，右手拿一把折扇，迈着四方步，不断地用折扇拍打左手掌，一副十足的男人打扮，像是舞台上的老生角色。一进院门，她就哈哈大笑，嘴里还得用京腔京韵说着："太苦恼，太苦恼啊！要把人热死了也！"我妈管她叫贾爸，我们孩子都叫她贾外公（因为我祖上是从绍兴入京的，有些称谓始终没变）。我们这么叫，她就颔首称许。听姐姐说，她不姓“贾”，因为这做派，母亲赐她姓“假”。每年燥热的夏天，这位“假外公”都会光顾，她的一举一动，都会引得我们这些孩子哈哈大笑，那正是：“三伏酷暑来笑星，京腔台步谐趣浓。纵是高温无处躲，家有欢乐胜清风。”我每年夏天烦闷无聊时，常想着这位另类的“外公”什么时候来，她犹如解暑的清凉剂，令我至今还常常想起。

那时一入夏，家里的窗户就都糊上冷布了，这是一种织得十分稀疏的布，网眼透气，就像现在的窗纱，只不过织得薄，可以用糨糊粘窗框上。它能防蚊蝇飞入，还能透风。上面再糊一层高丽纸，纸下端装上特别轻的秫秸秆，白天卷起来挂在窗户上框，刮大风或晚上可以放下来，挡风遮光。各屋门口，一到入夏，也都换上用细竹条编制成的竹帘子，起着纱门的作用。那时家家户户在这个季节，都要换窗户纸、装竹门帘，也就标志着盛夏到了。

那时没有电风扇、空调、电冰箱。出门都是戴草帽遮阳，爱美的女士有的在上面扎几朵花，回家就是手拿大芭蕉扇，呼呼紧扇。

一日，父亲买回一个冰箱，可不是用电的。它有一米多高，一米宽，像个方形的小立柜，有三个门，每个门都很厚，金属把手，用力关好后密封极好。左上边的门打开，是个放大冰块儿的铁槽子，后边有个圆孔，通根管子，里面的冰化了后流出的水，就经过它，流到了下面的水盆中。左下边的门打开是放肉类、鱼虾等食物的。右边大长门打开，里面分四层，放饭菜、蔬菜、水果之类的东西。每天早晨，西四牌楼马市大街路北那家煤铺，都会按时把冬天从护城河凿出来、放在冰窖储存的冰块送到家里来，并且负责放入冰箱，他们守信用，态度特别好。那时的煤铺是冬天卖煤，夏天兼卖冰，取一热一冷。这个冰箱当然和现在的电冰箱没法儿比，但在那时就算稀罕物了，也可以满足炎炎夏日保持食品新鲜的需求。从外面跑回来，满头大汗，喝一杯从里面取出的酸梅汤或绿豆汤，真是惬意的事情。

母亲每天早上都熬一大锅绿豆汤，说这是解暑去火的上好饮料。每天放学回家，我都盛上一碗一饮而尽，母亲总在旁边看着我，不停地嘱咐:“慢点儿喝，别呛着!”

吃饭时，最后总要喝一大碗荷叶粥。从菜市场买回新鲜的荷叶，母亲提前熬好一锅大米粥，趁热盖上一张洗干净的荷叶，然后盖上锅盖焖着，等喝时打开锅盖，取出荷叶，白米粥就变成碧绿色的了，喝到口中有一股特殊的荷香味儿，这也是去暑的佳品。

有人说芝麻酱是北京人过夏天的命根子，又有人进一步阐述，说每一个北京人都是麻酱控，我觉得都说得极是。一入夏，我家主食基本以芝麻酱凉面为主了，而且还百吃不厌。每天中午放学回家，母亲已经把擀的面都切好、煮熟了，多过几遍凉水，芝麻酱加入盐，用凉开水澥开，这是拌面的主料，再加醋、蒜末、切成丝的黄瓜，或再加入青豆等，北京人管这叫菜码，拌在一起，凉丝丝入肚，真是太爽了。直到今天，我还是好吃这凉面。小时候养成的饮食习惯，一辈子也改不了。

有一年盛夏时节，我姑姑的朋友从东安市场起士林西餐厅买来一大包奶油巧克力和三色高级冰棍，他又没带保温瓶，到我家时已经开始融化了，奶奶叫我们几个孩子快来吃。平常我们吃冰棍都是从小摊贩那儿买的，很便宜的红果或小豆冰棍。这天吃到全是用真材实料做的奶油冷品，那真是美味十足，清新凉爽，香甜可口，唇齿留香。那高级冰棍，是夏天留给我最深的怀念。

后来，我家里买了一台小型制作冰激凌的机器，是用手摇的。制作冰激凌的活儿就让我包了。这套装置外面是个大些的木桶，里面有一个小铁桶，小铁桶里有个搅拌器，用手一摇摇把儿，中间的铁桶就会飞快转动。我把外面买回的天然冰放在木桶里，听说盐能加快降温，就又撒入一把大粒粗盐。接着把凉开水、白糖放入小铁桶，再加几勺奶粉。一切准备好，我卖力地使劲摇，桶里面“哗啦啦”响个不停，桶外面的我大汗淋漓，可是兴奋得不得了，不怕累也不怕热。摇了将近十分钟，打开铁桶盖一看，哇！一小桶冰激凌做成了！我别提有多高兴了！卖了傻力气，让全家尝到了清凉美味的冷品，这成了我夏天最快乐的游戏。

夏天可吃的水果很多，但首选的还是西瓜。那时市场上卖的西

瓜有三种，最受欢迎的是大兴县（今大兴区）庞各庄产的黑绷筋儿。黑绿色的皮，上面有像老人手上绷起的血管一样的筋条，一条条弯弯曲曲地盘在瓜皮上。切开一看，棕黄色的瓜瓤，红色的瓜籽。它的皮很薄，水分大，吃到嘴里沙甜。除了黑绷筋儿，还有三白西瓜——浅绿色的皮，白瓤、白籽。还有一种是花皮西瓜，绿皮上有深绿色的条纹，红瓤、黑籽。这后两种我觉得都不如黑绷筋儿好吃。我父亲最爱吃西瓜，他听到推车卖西瓜的到胡同里来了，就一次买十几个。挑西瓜时，每个都用手拍拍，听声音就能辨出生熟。十几个西瓜放在阴凉通风的游廊里，每天早晨，他都让我用一个网兜，装上西瓜，拴上一根几米长的绳子，拿到后跨院的一口井旁，慢慢放下去。这井足有三米多深，井水干净，十分清凉。我慢慢把西瓜浸到井底水中，把绳子拴在井边的大槐树上，西瓜在这里足足浸泡一天。到晚上，工作、上学的家人都回来了，吃过晚饭，我把西瓜从井中提上来，全家人都围坐在院中的饭桌旁，我把瓜放在桌上，用刀一切，一看是沙瓤，弟弟妹妹们都高兴地叫起来。那又沙、又甜、又凉的西瓜吃到嘴里，真解暑、解馋啊！晚上这一顿冷饮，是我们孩子最期待的，凉瓜入肚，暑气全无，消汗去热，通体舒服。

黑绷筋儿西瓜是我童年最美好的回忆之一，现在西瓜品种大大丰富了，可我一想起西瓜，脑子里第一涌现的还是黑绷筋儿。

在盛夏，我经常到西四牌楼北大街乐仁堂药铺买酸梅。回家给母亲放入大锅加水煮，最后加些冰糖，放在通风的地方晾凉，然后倒入大玻璃瓶中放入木冰箱里。下午我们放学回来，一头大汗，先喝一杯又酸又甜自己家煮的酸梅汤，太痛快了！

放暑假了，我们几个孩子经常结伴，到离家不远的香山慈幼院游泳场去游泳。香山慈幼院是在一九二〇年，当时民国总理熊希龄为收容北方大水灾造成的无家可归的孤儿在香山静宜园创办的，后来在城里有了分支机构。这个游泳场就在西安门大街路南一大门内，就是现在的国务院机关事务管理局所在地。

游泳池长五十米，宽二十五米的样子，水深由一米到两米渐深，小孩儿单有一个浅池子，还备有更衣室。我不会游泳，就是去戏水泡凉玩玩而已。

有时候我跟着姑姑一起去，她游得十分专业，那真是如鱼得水，舒展自如，简直就是一条美人鱼。我只会在水里扑腾拍打，她说我那不是游泳，是狗刨。不管姿势如何，在水中嬉戏和欢闹，真是盛夏的一大乐事。前几年，国管局请我为各大部委编写书法教材，时隔六十多年，我又走进这个院子。开会休息时，我环顾四周，早已没有了记忆中的踪影。我问工作人员，这里当年有个游泳池，现在还保留着吗？那些年轻人一脸茫然，竟没听说过这里有过什么游泳池。真是时过境迁，“年年岁岁花相似，岁岁年年人不同”了。

盛夏，一到中午，家里大人们都午睡去了。我们几个孩子一点儿睡意没有，就静悄悄跑到前院，商量怎么玩儿。我告诉他们，要看起来健康，就得把皮肤晒得黝黑，中午的大太阳就最好。于是带着他们，在烈日下站在院子当中，用水盆、水桶接满水，从头到脚“哗”一下浇下来，浑身是水，不擦，站太阳底下暴晒，晒干了又浇一盆，大家嘻嘻哈哈，没心没肺都像落汤鸡一样。家里正好有位刚从农村来的老太太，是侍奉我奶奶的用人。她见此景大吃一惊，说大中午老阳儿底下全身浇凉水，这不等着激着了吗？非生病不可啊！下午她进去告诉了母亲，把要生病的原理又说了一遍。母亲把我们几个，尤其我

三伏時節陽氣升烈日
炎炎熱浪騰西瓜冰棍不
離口一盆涼水解暑靈
題消暑图 何大齊

这个始作俑者骂了一顿。

夏天是个生机勃勃的季节，人和物都充满了热情与活力，那时精力充沛，天天在院子里玩儿，经常是没事儿找事儿。看到蚂蚁进窝，发现了它们的洞口，就往里灌水，想看看它们能逃到什么地方去。逮住一只小野猫，就把猫放进大洗澡盆里，想让它也凉快凉快，看看它怎么游泳。猫不会游泳，“噌”地从盆里蹿出就跑，飞快地爬树上房跑了。每天树上粘唧鸟儿（蝉）、草里捉蚂蚱，晚上逮蛐蛐，白天抓土鳖，怎么玩儿都不烦。孩子们的快乐是很简单的，夏天虽然又潮又热，却提供给了我们更多快乐的机会。

祖母的生日

在我童年的记忆中，每年家中有两次最热闹的时候。一是过春节，二是农历五月给奶奶过生日。

过春节热闹那是肯定的，那我奶奶的生日为什么也成为家族重大盛事呢？这说来话长了。

老北京有很多大家族，家族里有血缘关系的可达上百人之多。因为那时一对夫妻有六七个孩子是常见的事，甚至更多。儿女长大又结婚生子，一代代繁衍。血亲、姻亲，女儿出嫁，又增加了异姓的外戚。犹如一棵大树分出的枝杈，越来越繁茂。

例如我奶奶在何姓家族里，晚辈都称她“九婶”，那是因为我爷爷在大家族中排行第九。我小时候家里来了一位长辈，奶奶让我们称呼他“一爷”，其实是“十一爷”的简称。这十一个人都是叔伯兄弟，也就是说他们父辈是亲兄弟，他们都是“一个爷爷的孙子”，男孩儿都顺着排，在北京这叫“大排行”。再比如我父亲是奶奶的第二个儿子，但亲戚都叫他“八叔”，管我母亲叫“八婶”，就是这个道理。这种排行和称呼现在已经不存在了。

祖母与家人在正院，约摄于一九四〇年代中期

那时人的寿命都较短，到后来，我奶奶就是仅存的一位长辈了。平日里就常有亲戚子侄来看望她，来了以后也总是“九婶、九大妈、九奶奶”地叫个不停，奶奶当然也是好吃好喝热情招待。客人来，奶奶就让摆上八仙桌，铺上桌布，一块儿打半天麻将。夏天，从西四牌楼南大街的“年糕张”叫来冷饮杏仁豆腐，边吃边玩儿。我奶奶就像《红楼梦》中的贾母一般，一群人围着她，来看望她的晚辈们自然也是拣开心的话说，陪着她玩儿，让她高兴，希望她的晚年顺心如意。

我奶奶中等身材，微胖，一头花白短发。那时的老太太，都时兴在脑后面梳一个纂儿，她就不喜欢，嫌梳着麻烦。有人劝她：“这么大岁数，梳个纂儿吧！”她说：“我愿意梳成什么样子，关别人什么事？”所以就一直梳着短发，成了老太太中的异类。她一生处事都是我行我素，果断利落。她生于一八八二年清朝光绪年间，那时女孩子都要缠足，我听她说，家里也给她缠过，刚缠上，转眼儿工夫，她就把布条子嘁里咔嚓全扯下来，还给扔了。三番五次，天天如此，要有人看着她，她就寻死觅活。女孩子大脚，那时对大户人家可是不体面的事，可也没办法，脚和命比还是命重要，就这脾气，只好随她去了。所以她成了她那个年龄少见的“天足”妇女。

她个性强，脾气大，读书多，主意正。我记得小时候，她没事总是在看书。有的书太厚，拿着不方便，她就用手一掰，把一大部头的书给分成两半。印象最深的是一本羊皮精装的比较厚的“四书”（《大学》《中庸》《论语》《孟子》），就是被奶奶中间一劗，变成两本。在她看来，书是给人读的，手里拿着轻省舒服，翻看不受阻是第一位的。装订那么厚，看十几页就得使劲按着，要不书自己就翻过来了，那绝对不能容忍。有时看到书或报纸上的文章，内容不如她意，或引起她生气的时候，她张口就说：“呸！什么东西！”所以她看过的，抒发了愤怒的报纸，其他人不言声，但不看了，因为上面经常会有她“呸呸呸”时留下的唾沫。她爱读书，也经常对我说：“要多读书，开卷有益。”

我爷爷四十多岁就因为肺结核病去世了，她四十岁守寡，带着年幼的四儿两女，开始变卖典当度日，在孤寂、艰难的日子里，她咬牙想办法也得让儿女们念书。后来大伯父、父亲学校一毕业，就赶快挣钱养家，供小的弟妹上学。可知她管理一大家人的魄力，把孩子们都拉扯成人，还都学有所成有多不容易。亲戚都敬重她的坚强和能干，她的六个儿女也都十分孝顺。他们都成年了，在她面前也都是唯唯诺诺，从不顶嘴，生怕让老母亲有一丝一毫不愉快。

所以她的生日，儿女都当成家里最隆重的事，不惜重金大宴宾客，就是为让奶奶高兴。亲友们敬重她教子持家，而且在家族中辈分也高，所以每到这天，也都来贺寿。这个喜庆日子，成了家族亲友大聚会的节日，这一天真是门前车水马龙，各屋人头攒动，寿宴桌桌相连，老少皆祝康宁。

寿宴是家里办的喜庆大事，来这么多客人，怎么摆桌吃饭？真是个难题。奶奶又不愿到外面饭店过生日，嫌招待客人不方便，告诉儿女要在家过。这么多人，在家怎么安排啊？父辈几人就开始认真筹划。

那时在家里招待宾客多请散包厨子，就是厨师里的个体户。他们到家里来掌勺，只带一个小包袱，里面是自己的得手用具。请他们价钱是比较便宜，但得提前来瓦工砌大灶、租赁桌椅板凳、采购食材等，几十人的宴会，规模大，劳神费力的事情就更多了。所以父亲他们兄弟姐妹商量，决定找大饭庄包活儿。

我家进外院过垂花门就是中间正院，面积最大，她的生日正当初夏，不冷不热，按每桌十个人安排，院子里摆放六七桌绰绰有余。正好离家不远的西四牌楼南大街，路西就有京城闻名的鲁菜馆“同和居”。这是京城“八大居”饭馆之一，创建于一八二二年，刚开始门面很小，但服务周到，使来客有宾至如归的感觉，便以“同怀和悦”之意，简称定名为“同和居”。当时北京的饭庄是以鲁菜为主，清真和淮扬菜为辅，兼有少量的川菜和粤菜馆。有首赞美鲁菜的诗里有几句写道：“诗咏珍馐鲁菜鲜，未曾入口已垂涎。煎炒烹炸烧闷烩，蒸扒酱煮爆熏氽。”鲁菜的制作技法、菜肴的味道已是大名鼎鼎了，我奶奶一直对它的菜品很喜爱。为了让她老人家高兴，而且这也是北京亲友都喜欢的菜系，所以就定它了。

我父亲到“同和居”请他们派厨师到家来掌勺做酒席。他们也有这样的业务，于是先派人来考察场地。看完了他们觉得可以，就谈妥一切做饭用具，吃饭用的桌、凳、杯盘碗勺，所有食材调料，煤炭等，凡是和宴席有关的他们全包了。头天就有好几辆大车陆续都拉来了，院子角落支起了做菜的台案，搭起了行灶，这是几个用大汽油桶改的大口炉灶。

第二天就是奶奶的生日了，正餐定在晚上，中午来客少，备两桌酒席就行了。主食吃打卤面，有四冷盘，四热菜，名曰“炒菜面”。下午客人都来了，在正院东西两侧摆放了六桌。做的都是同和居名菜，如葱烧海参、糟熘鱼片、糖醋鱼、三不粘、核桃酪、焦熘丸子等，一道道上来摆满各桌子。最后上面食，有寿桃、银丝卷、三鲜炒面。

我那时还不到十岁，但对厨师炒菜特别好奇，总是站在一旁观看。有几道菜的做法至今都不能忘记。

例如做“宫保鸡丁”这道菜时，用的是鲁菜中“爆”的手艺，特点就是火大。行灶的火口，火苗子有一尺多高从灶口蹿出，炒勺内放入油烧热后，把鸡丁放入炒勺，厨师手握勺把，往上一颠，鸡丁在勺上颠起一尺多高，翻了个身，又准确无误地落入炒勺中，如此颠了

四五次。更惊人的是，炒勺中大火苗子也往上蹿，这么爆炒出来的鸡丁，是又鲜又嫩，平常家里炒菜可没有这么大火，更没有颠勺的技术，我试着模仿过，后果是撒了一灶台。所以火候、配料、技术，都决定了家里很难炒出同和居菜的味道。

酒席的最后一道是甜品核桃酪，我原来吃过，特别喜欢，所以就特别关注他们怎么做的。这是一种淡棕色的黏稠状甜食，用勺子品尝，有核桃和枣的香味儿，特别好吃。我站在旁边看，只见厨师把用水浸泡的糯米，放入像中药铺捣药用的铜臼中，用铜杵不断地上下捣，把泡软的糯米，给捣成黏糊状了，再把泡在温水中的核桃仁，用手一个个把外面裹的褐色皮去掉，剥好的仁儿又白又细，把它们也放入铜臼中捣成泥状。最后还要去掉枣的核和皮，再同样捣碎。这三样主料备好，锅中倒入适量的水，煮开后将都捣成泥状的糯米、核桃仁、枣按一定比例放入，用小火熬，要不停地搅动，防止巴底煳锅，最后加入冰糖。熬好的核桃酪倒入绘有万寿无疆图案的大盆中，盆中放一个大瓷勺，各桌子都摆上一大盆。每桌备有十个精致的小瓷碗，由专门上菜的跑堂给每人盛到碗里，喝到口中，黏糯香甜，有核桃和枣的味道。由于这道吃食太费功夫了，现在已经从同和居菜单中消失了。前几年为给孙子尝新鲜，我捡起了记忆，按当年看到的做法，亲手做了核桃酪，家人都说味道香浓好吃，只不过“捣碎”这道最吃力的活儿，是由粉碎机代劳了。

糖醋鱼也是同和居一道名菜，我很想知道，这一条大鱼是怎么炸得那么酥脆的呢？干脆酒宴也不吃了，就站在灶旁盯着，厨师看我是个孩子，也不在意我在旁边瞅着，有问还有答。

只见厨师把一尺多长收拾好的大草鱼放在案板上，用刀在鱼身上划切出条线，先在大盘中晾一会儿，说是去水汽，然后抹上一层淀粉，用右手提着鱼尾，放入一大锅热油中炸，先把鱼头炸焦，再慢慢把鱼身入油，最后鱼尾入锅。只见锅中滚热的油冒着泡沫，发出“哗哗”的声音，炸焦一面，翻过鱼身再炸另一面。炸好后起锅，把炸得焦黄的鱼放在铁网上控油。等上桌前，把炸好的鱼再放入油锅炸一遍，好让它更加酥脆。另外一个厨师在旁边的火眼儿上，用炒勺勾芡汁，呈酸、甜、咸的半透明状。他们用的淀粉和家里用的粉状的不一样，是大块的白色绿豆淀粉，掰下一块，用水澥开倒入锅中。这时那个炸鱼的师傅，把二次过油的鱼放在案板上，用一大块白色的屉布将鱼裹好，用双手捏，只听得里面“咔咔”响，把鱼的骨、刺都捏酥，然后打开放入长条形的、绘有吉祥图案的大盘中摆放整齐，上面浇上熬好的橙黄色的汤汁，端上席面。大家纷纷动筷子，夹一块鱼肉酥脆酸甜，满口留香，骨头、刺都可以嚼碎。这道菜深受各桌亲友的赞赏。

除了糖醋鱼，我还喜欢看他们做焦熘丸子、糟熘鱼片等菜，看师傅们做饭，我觉得也是一种享受。那时年龄小，没有偷艺的概念，只是觉得太好玩儿了，做饭也是有趣的事情。长大后看到一言："只有爱和美食不可辜负。"我深以为是。能为家人做道可口美食，看孩子们狼吞虎咽，自豪与欣慰也会油然而生。

这种在家里大办生日宴会，六七十位亲友欢聚一堂的场景，现在已经很难有了。首先是所生孩子少，其次家族的血缘关系也淡薄了，家族后代来往得少，又大都住进了楼房，以小家为单位了。虽有相约去饭店吃饭的，但"偷艺"的机会，可真是没有了。

童年杂忆

我祖父、祖母育有四男二女，听祖母说，祖父是北洋政府农商部的官员，且擅长书法，常有人来求字，北京一些大的店铺的牌匾也请他来书写，他的收入是可以养活一大家子人的。后来，他不知怎么染上了肺结核病，这个病在当时是无药可治的，在四十几岁时就过早离世了，留下奶奶带着六个孩子，生活难以为继。我父亲当年十七岁，在教会学校读书，英文、法文都达到了可以和外国人对答如流的水平。爷爷去世后，他必须挑起生活重担，所以他决定凭着外语专长，独自一人到上海这个东方大都会去闯荡谋生。

我听父亲说，奶奶在前门火车站给他送行时，难舍难离，拉着他的手说：“咱们不去上海了，我不放心啊！”但父亲决心已定，劝奶奶放心。十七岁的他，一个人踏上了去上海的漫漫长路，那是一九二九年。

那时上海经济发达，外国公司林立，容易找到工作，和现在到“北、上、广”打工谋生是差不多的。到了上海以后，他凭着自己的流利外语，很快就在德国人开办的伊默克医药公司找到了工作。开始是做医药的推销宣传，由于他的勤奋努力，收入也越来越多。他把挣到的钱不断地寄回北京来，供全家人生活，供叔叔、姑姑们上学。

奶奶是个非常干练的女性，看到儿子在上海站住了脚，索性带着一群儿女，迁居上海找父亲去了。听父亲说，奶奶带全家去上海，事先也不通信，不打招呼。突然带一家人光临，父亲措手不及，马上在静安寺路租房子，买家具，一个七口之家，就这样在上海安顿下来了。

其间，父亲已到成家的年龄了，于是回北京结婚，婚后带着母亲又回到上海居住。我的两个姐姐就是在上海出生的。一九四〇年，父亲被公司派回北京工作。正在上海工作、求学的弟弟、妹妹就都留在了上海。父母带着两个女儿和我最小的叔叔及奶奶，又回到了家乡，我就出生在北京。

刚从上海回来时，母亲正怀着我，就赶紧在景山东边，一条叫孟家大院的胡同中租了一个院子。那里有北房三间住人，东房两间改作厨房和卫生间。我大概三四岁时，朦胧中记一点事儿了。那时是日本人占领北平时期，我记得家里有一个收音机，每天都在播放日语的《支那之夜》的歌曲，这是我记事以来，听到的第一首歌，那时正是一九四三年日本侵华时期。长大以后才知道这是日本人山口淑子（中国名叫李香兰）的代表歌曲，抗战胜利后她被遣送回日本。

有人说，幼儿时的记忆会随着年龄消失，但有些特殊的事会在脑海里保留一辈子。有一件事，我至今还能记得：一天中午，大人们都午睡了，我和比我大两岁的姐姐，蹑手蹑脚偷偷到旁边房东住的院子里看新鲜。那是一个长条形院子，花草茂盛，一串北房，院儿里一个人影也没有，十分安静。阳光、绿荫洒在院落里。大中午，只有我们两个小东西在这东张西望，十分惬意。那时北京人少，只有一百多万人，住房是很宽松的。每当我回想起我出生的处所，脑子里总是浮现这天中午，闲逛院子的情景，这可能就是我记忆的开始。

另一件事，因为是我第一次开始惹祸，所以也记忆深刻。一天，我不知怎么想的，将一把扫地笤帚放在厨房里灶眼上，引着了火以后，我兴奋极了，拿着这把火笤帚在院子里上下左右抡转，看着火光和烟雾，觉得太好玩儿了。幸亏被母亲发现了，赶紧把笤帚用水浇灭，我挨了一顿骂，可能因为年纪太小，免了一顿揍。

一九四五年初，父亲买下了一座大四合院，在寒气逼人的十冬腊月，全家搬到了西四牌楼东边的西安门北黄城根二十三号，那年我四岁多一点儿。自此，全家在这个大宅院里居住了二十一年，我在这儿度过了我的童年、少年、青年。

一九四六年秋天，父母决定让我上学，选择了位于府右街北口路西的培根小学。

我家在西安门北黄城根，要想到府右街北口，不但要走一段路，还必须要穿过西安门大街。那是抗战胜利后的第二年，美国大兵开着敞篷吉普车，在马路上横冲直撞，开得飞快，他们戴着白色的钢盔，

黑色的大墨镜，身边还坐着打扮得十分妖艳的吉普女郎。那年我只有五岁多，一个人过马路上学，父母不放心，每次都是妈妈送我去。第一次离开家，到一个陌生的环境，心里很害怕，非得让妈妈陪着我上课，妈妈就坐在教室门外看着我，我才能安心。过了几天，慢慢适应了学校的环境，就不用妈妈陪着上课了。

培根小学给我的记忆是一座庙。当时北京的大小寺庙有上千座，政府为了办教育，解决校舍问题，就想到了用庙宇，所以当时很多学校都是在寺庙里开办。培根小学的校门，就是古典的寺庙样式，里面的大雄宝殿就是礼堂。前面三间门面的天王殿，被用作音乐教室，上音乐课的老师坐在一架风琴前面，脚蹬踏板，手按键盘，学生伴着琴声跟老师学唱歌。我记得学的第一首歌叫《小兵丁》，歌词是“小兵丁，小兵丁，我们都是小兵丁，别看我们年纪轻，年纪轻轻，志气高……”后来又教了《卖布歌》，歌词是“卖布，卖布，我有中国布……”反复唱，并且加上舞蹈动作。回到家，我学着老师的动作，边唱边跳。爸爸休息在家时，就经常对我说：“跳一个《卖布歌》！”我总是在家人面前重复表演，心里还特别得意。

当时我们班有位国民党高官的女儿，从穿着上就与众不同。冬天她穿红色的皮上衣，有白色的长长的羊毛领子，戴着皮手套，穿白色的高筒皮靴子。有一次，在校门口看到她家的勤务兵开着小轿车来接她回家，她嫌皮手套戴着不舒服，拿起手套就拽给勤务兵，生气地说：“不要这破手套！”周围百姓家的孩子都看得目瞪口呆，从此，同学们都离她远远的，不和她一块儿玩儿。我回去告诉母亲，母亲对我说：“有权有势，娇生惯养就是害了孩子。”我一生都记住了她的话。

这是我上的第一所小学，这个学校现在还有，后来改名叫府右街小学。我去年打这儿路过，专门去看了看，校门基本还是原样，只是又改名叫自忠小学了。

在培根小学上完一年级，因为父母觉得离家远了些，还得过马路，弟弟妹妹都小，母亲也没有时间老接送我，让我自己上学又怕不安全，于是就给我转学，到离家很近的育华女中附属小学（育华小学）了。

育华小学在我家北边一百米的地方，学校就是一个大院子，分中学部和小学部。大院子的南边是三排房子，前两排是初一到高三的教室，最后一排是校长和老师的办公室。这几排房子都比较高大，质量好些。院子的北房和西房是小学部，比较低矮，像普通的民房。东边几间平房，是中学的学生自治会和宿舍。院子的东南角是食堂和厨房，厨房墙外有个压水机，那时自来水还没有普及，压水机比到井里提水已经算先进一步了。我们渴了就到这儿来，提起压水手柄，咕咚按压几次，水就顺着水管抽上来了。因为压水机是一根管子直通井里，没有井口，当然就安全了，所以老师也不管。刚流出来的井水很好喝，我们就双手捧着往肚里灌，尤其是夏天，凉丝丝的真痛快。

那时的家长根本没有选择优质学校的意识，只要孩子有学上，安全不出事儿就行了。这个育华小学比培根小学简陋多了，生源不足，师资也少。小学部一个教室，容纳两个年级的学生。比如一年级的学生面朝东坐，二年级的面朝西，各有一块黑板。前半节课老师给一年级的讲，下半节再转过去给二年级的上课。不上课的学生自己做老师留的作业题，这种教学方式，我后来在边远农村还见过，叫复式教学，其教学质量当然是无法保障了。

但我对这所小学的体育课和音乐课还是很感兴趣的。

体育课老师教打垒球的技巧和规则。打垒球用的棒、球、手套等用具都是学校给准备好，讲好规则后，就准备开始，我们手握一米长的垒球棒觉得自己很威武。投球手投球时要用英文高喊“one，two，three”，即“一、二、三”，这是我对垒球这项运动最早的印象。听老师说，这项运动是从外国传入的，所以用英文喊号，而对我来说，也就留下拿大棒挥舞真好玩儿和疯跑真爽的感觉了。

在音乐课上老师教唱歌，歌名好像叫《放学歌》。我到现在还能记得歌词：“功课完了太阳西，收拾书包回家去，见了父母敬个礼，父母对我笑嘻嘻。”每天放学同学们都要唱着歌，排好队出校门，然后各自回家。到了三年级，又学了一首李叔同的歌《送别》：“长亭外，古道边，芳草碧连天，晚风拂柳笛声残，夕阳山外山……”歌词那么优美，歌曲旋律那么好听，深深打动了我，没事就喜欢哼唱这首歌。后来教给了儿子，教会了孙子，好歌曲的生命力真是久唱不衰。

育华小学大院子中间，有一棵巨大的老槐树，树根都突出地面了，向四外弯曲伸展，形成一个圆圈形的根盘了，正好让孩子们坐

在上面，说笑玩闹。每到课间休息或放学以后，总有一群孩子围着大树玩耍。尤其到了夏天，树下一大片阴凉儿，踢毽子的，跳绳的，都聚在阴凉儿下，好不热闹。我们最喜欢在露出地面的树根上玩儿，有时，老槐树一圈被摸得油光锃亮的根节上，坐满了欢声笑语的孩子。现在想起来，特别像我的小孙女看的动画片里一个大蘑菇下的一群小精灵。

在我该升四年级的时候，老师告诉大家，育华女中的校长，要把小学部甩掉，让小学另找地方上课。同学们一听都哭了，大家群情激愤，家长带着孩子，一起到中学部的办公室找校长说理。校长是一位五十多岁的知识女性，戴着金丝边眼镜，穿灰布大褂，文质彬彬地接待了我们，说了一些停办小学的原因，如校址要迁出等，不急不慢、不慌不忙地安慰了大家，大有“你急我不急，气稳笑嘻嘻”的态势。

小学果真搬家了，搬到了白塔寺北边一个叫大乘巷的胡同里。老师告诉大家详细地址，让同学们一块儿去看看。这一去，好家伙，走了半个多小时才找到一个小四合院，老师劝我们别退学，继续在这里上完小学。回家和父母一说，他们马上表示不能去那么远的地方上学。就这样，在育华小学大院子里，被复式教学教了两年，没喝够这里清凌凌的井水，没看够大槐树缝隙中透出的那蓝盈盈的天，真像《送别》歌曲唱的那样，同学们就四处分散开了。我转学到了西什库，上了光华女中的附属小学（光华小学）。

光华女中在西什库天主教堂的南边，从校门到里面的校舍都是天主教式的建筑，门上有十字架等装饰花纹。附小在教堂的东边，也是教堂的产业，小学的对门就是若瑟会修女院。

小学部的老师，除了几位男老师外，女老师都是修女，穿黑色长褂，头上披黑色纱巾，同学们大多住的是西什库天主教堂的房产，所以基本都是虔诚的天主教徒。

每当下午放学，信仰天主教的同学，就会带我们这些新转来的同学，去天主教堂，听神父讲“道理”，就是讲天主教的教义，和耶稣奉圣父之命，降临人间普救众生的故事。并且送给我们耶稣传教受难，被钉死在十字架上的画册，就像小人书一样，有画有文字，所以我对天主教的故事很熟悉。神父还送给我们圣牌、十字架，可以挂在脖子上。他可能就是希望我们入教，信奉天主。神父都是法国人，但中文说得极好。我上光华小学时北京已经解放了，他对我们的宣传一点儿作用没起，反倒一个个都回国了。

我记得小学自然课中讲到人类从猿到人的进化过程。讲课的老师是位修女，我们都叫她李七姑，她讲到这里，又补充了一句：“天主教认为人是上帝造的，有亚当、夏娃的传说可以证明。”虽然政府已明令禁止传教布道，但她们有意无意地，要讲些有关天主教的教义，也不管我们听得懂听不懂。

这种情况很快就被改变了，修女陆陆续续退出了教师队伍。学校要招一批新教师，就发动学生，看有没有认识适合当教师的人，给介绍进来。正好，我最小的叔叔大学毕业后还没找到工作，我问过父母和叔叔之后，就向学校领导推荐了。那时大学毕业生当小学老师可是个稀罕的事儿，学校马上同意了，请他到学校教语文、数学课，结果正好教我。

有一次，上课时我和同学说悄悄话，被我叔叔看到了，罚我到教室门外站着，这叫“罚站”。怎么那么巧，正好赶上我妹妹上体育课，看到我在教室门口站着，就过来问我为什么不上课跑这儿来站着。我急中生智说：“教室里热，谁想上外面凉快一会儿都可以。”回家后，叔叔告诉大家我上课违反纪律罚站的事儿，又听了妹妹的学舌，全家人乐坏了，这事就成了他们取笑我的一个大把柄。

光华小学后来和附近的圣新小学合并，改名为西什库小学，我叔叔在这儿当了三十余年老师，直到退休。

一九五一年五一劳动节，天安门要举行大游行，接受毛主席和中央领导人的检阅。学校要求参加游行的五、六年级的学生，头天晚上都要住到学校里，早上五点起床，六点排队出发。我们这些被挑选上的男同学，把课桌拼到一起，上面什么也不铺垫，光板躺桌面上，那时长得又瘦，硬邦邦浑身疼。索性就不睡了，一帮男孩子就打闹折腾，溜溜一夜没合眼。等到中午经过长安街时，又困又累，强打精神，跌跌撞撞，迷迷糊糊就随着大队伍走过去了。这是我第一次参加游行这样的大活动；是我第一次离开家，疯闹了一夜；也是我小时候徒步走的最长的一次。

光華小學搖上課鈴的
校工
壬寅夏

光华小学的传达室住着一位校工孙大爷，他管看门和摇铃，那时学校上下课，都靠校工看钟表手摇铃铛。早晨负责开校门，晚上把校门从里面用门闩关紧。

我们同学一般夏天很早就到校了，有时去得太早了，校门还紧闭着，校工还没起床。有胆子大的同学就从西边比较矮的墙上翻进校内，翻进去就趴在传达室窗户上，一起大声唱：“大天大亮，催猪起床，起来看猪，猪在床上！”这一阵唱，把孙大爷吵醒了，气得他倒拿着鸡毛掸子，追出来高举，假装要打学生。学生一哄而散，气得老孙站在门口嘟嘟囔囔，遇到这些顽童一点儿办法也没有，只能找老师告状。

在光华小学胡闹了三年，六年级毕业了。那是一九五二年的夏天，升入初中了，结束了迷迷糊糊的童年生活。

自学绘画的漫漫长路

一

上世纪五十年代初，正是抗美援朝时期，报刊上经常发表一些批判美帝的漫画。当时的美国总统杜鲁门、国务卿杜勒斯、侵朝美军司令麦克阿瑟等，都是漫画的主角。我对这些夸张变形的画法十分感兴趣，开始用铅笔照着漫画画。后来就按自己的想象，画出了各种各样美国佬的形象。

那时文具店卖一种给小孩练习写字用的小“石板”，它是用黑色石片做画板，四边加木框，长度有二十五厘米，宽度十五厘米，放入书包正合适。画笔是用滑石制成的方形小石条。用小石条在黑色石板上画，会留下一道道白色痕迹，还有一个用毡子做的小板擦。我对这几样东西爱不释手，因为比用笔用纸方便多了，每天有时间就在石板上画，涂涂擦擦，反复画这些心中想象出来的漫画人物。这个阶段是我儿童时的涂鸦期，在涂抹中培养了对绘画的兴趣。

上中学以后，看到报刊上发表了许多黄胄和叶浅予的速写，这些画都是用铅笔或炭笔画生活中的人物形象，后来又在王府井帅府园美院美术馆，看到他们画的原作。他们几笔就能勾勒出十分动人的造型，在仰慕的同时，促使我也拿起一个硬纸夹子，夹上几十张白报纸，画周围的人物。

一开始不敢上街画，怕人围观。那就在家里，画客厅里饮茶、吸烟、聊天、打瞌睡的家人。后来越画越好，家里人夸奖，自己也有信心了，就走出家门，上街画速写去了。门口不远就是菜市场，画里面卖菜的小贩、买菜的老太太、卸货的大马车和车把式（车夫）等。总之，五行八作，各色各样的人物，引起我画他们的强烈兴趣。我拿着速写本子，有空儿就扎在这儿，这是我画人物速写的启蒙之地。

从我家往北走不到半个小时，就是护国寺；向西走二十分钟，就可以到白塔寺。每逢有庙会集市时，庙内外都很热闹。走进庙门，里面有很多院落，每个院子都摆满了各式商品。这边儿卖布匹绸缎、日用杂货、古玩玉器、旧书玩具，那边儿专卖小吃，年糕、艾窝窝、驴打滚儿、茶汤、炸灌肠等。再一转弯儿，又一个小院儿，里面卖活物，像鸽子、蛐蛐、蝈蝈、百灵鸟等，小虫儿和鸟儿的叫声多老远都能听到。再往里走到了后院，有各种杂技、说评书、拉洋片、耍猴、耍耗子、变戏法、摔跤等。扭身拐进旁边一个小院儿，里面集中的是卖野药的、拔牙的、点痦子的……那时的庙会真可以说是吃喝玩乐、日用百货全齐了。

这成了我画速写的最佳场所。每当有庙会，我就夹着速写本，带上几支铅笔，下午没课的时候都待在这儿，一画就半天。有时下午有课，就放学先不回家，背着书包去庙会画，一直到收摊儿才回家。

我在这里捕捉人们的表情神态、动作举止，在人们专注于吃喝玩乐时，三笔两笔描绘下来。但是要随时提防着，别让被画的人发现了。那时的人们迷信，认为被人画像是要丢魂儿的，不吉利。有时围观的孩子看我画，专门多嘴，跑过去告诉对方："嘿！他画你哪！"对方立刻沉下脸扭过身子，这种讨人嫌的"告密者"还真不少。所以我也想了很多不让人发现的办法。比如"声东击西"，我面朝东，好像是画东边的人，眼睛却向西一会儿瞄一眼，画的是西边听评书的老人，让人发现不了我到底在画谁。

因为我经常去庙会，所以很多人都认识我，一看我靠近了，人家站起拍屁股走人了。那时年纪小，也不觉得尴尬，你不让画我就找别人。也有少数熟了的老人跟我聊天，还夸我画得好，也配合我，还叼着烟袋让我画。

我就爱画老头儿，一脸皱纹，表情生动，画出来特别传神。通过皱纹，可以画出脸部的结构。人们都说要画年轻貌美的女子，可我的确爱画老年男人。他们的形神，有说不尽的打动人心的魅力。

我前些年出版的老北京民俗风情画里，老头儿的形象特别多，都是那时在我脑海中积累的。生活是艺术的源泉，这是千真万确的真理。

我为了提高自己的绘画技能，经常到中央美术学院看楼道里陈列

作者一九六〇年代初摄于家中

的师生作品。传达室的人一看我学生模样，也从不阻拦。那里有展出的学生作品和叶浅予先生的速写，以及蒋兆和先生的水墨人物。看这些作品，给我很大的启发。学院画室的门有时打开，我就进去看学生的素描作品。他们画大卫、阿古利巴、亚历山大、伏尔泰、戴帽男子等石膏像，画得逼真，用明暗调子刻画出石膏像的面部结构，立体感极强，这些都让我有所领悟，对我有很大帮助。

我父亲听我说画石膏像如何如何重要，就给我买了一个“戴帽男子”石膏像，这是我拥有的第一个石膏像。我高兴极了，把它放在一个茶几上，每天晚上打开灯，上面的明暗关系历历在目。我拿起画

一九六四年绘于石景山古城

板，夹上素描纸就开始画。从打轮廓线，到涂明暗，再用网状线，过渡到灰调子，这一套画下来，经常要用三四个小时，所以总是晚上十一二点睡觉。但因为喜欢，所以也不觉得累。我还买了素描技法类的图书，没事就细看研究，把自己画的再和美院学生的作品对比，知道了人家为什么画得好。这样举一反三，自己都觉得进步很快，能画得初具规模了。

我参加工作后，利用寒暑假，到过黄山、庐山，又画了很多各种山的形象，还有山上长的苍松翠柏。把速写和素描结合起来画风景，觉着收获很大。那次在黄山住了一晚，两天的时间我共画了四十多幅山景，还觉得意犹未尽。后来又去庐山，在含鄱口画云海，苍苍茫茫，变化无穷，真让我感到大自然的奇妙。黄山、庐山之行，使我认识到用色彩表现风景画的重要。回家后买了水彩纸、水彩颜料、调色盒和大写生夹。还买了一个写生用的三条腿的小凳，折起来是一根棍，打开是三条腿，腿中间是一个三角形的厚帆布坐垫。装备都有了，周六、日就到北海公园、颐和园、香山等地去写生。我的色彩知识和调色能力，是在画水彩画的过程中，慢慢摸索实践，逐步提高的。

二

我读中学和大学时，都利用画画的特长为学校的黑板报和美化教学环境，做了很多事情，也锻炼提高了自己。

上高中时，在教学楼的内部，我画过毛主席办公的巨幅画像，画过高尔基、鲁迅和一些历史人物的画像。在校园内，各楼外墙上都有用洋灰砌成的黑板，板报每周换一次，用彩色粉笔设计报头、画花边、画插图都是由我负责了。

在上大学期间，我仍然是画黑板报的主要成员。同时为布置办公室，我用水墨在宣纸上画杜甫等历史名人，再由学校统一装裱成竖轴，挂在办公室。当时我在学校已是有名气的绘画能手了，也经常帮老师们画教学中需要的东西。记得我给教古典文学的老师画过唐诗、宋词的插图。学校也很支持我，将校内爱画的同学聚在一起，大家自发地成立了美术小组，学校还专给了一间屋子做活动室，几个同学在一起相互切磋。但真正天天笔不离纸，有空儿就上街画速写的，只有我自己了。

记得一九六三年，学校组织一部分学生，到门头沟区沿河城抗日革命根据地访问。沿河城在门头沟的深山里面，沿着永定河边建有城门，周围有城墙，城里还有一个戏台。高高的戏台，虽然已经破败，但依然保持旧貌。我如鱼得水一般，手不停地画速写。画这古老的街巷和民居，画一些当年参与抗战的老游击队员。我登到山上俯视沿河城全貌，看到山峦起伏，树木葱茏，河水潺潺，民居错落，觉得这些构成了一幅特别美的图画。站在山顶，画了一幅沿河城俯视全貌速写。在沿河城的四天，我画了将近一百幅速写。回到学校后，学校给办了个小型展览会，在大厅里展览了一周的时间。

“文化大革命”来了，学生都停课了，各单位都张贴伟大领袖画像。我画画在区里已小有名气，于是各单位争相来找，让去给画主席像。反正也不上课了，就应邀天天早出晚归画主席像，小到百货公司、公社、学校，大到首钢各公司的巨幅主席挥手照，站在七八米高的脚手架上，带着油画颜料，阳光暴晒，又渴又饿，但心里很高兴，很专注。只要能让我干我喜欢的事，能在笔墨、颜料中畅游，多苦多累我都乐此不疲。当时画的最大的一幅，是在西单十字路口东北角。画面上半部分是主席招手半身像，下半部分是五十六个民族欢呼的人物形象。也是搭上脚手架，用了一百四十张一米多长的纸拼接，连续几天时间，画成后有十米高，四十米宽，耸立在路边。

各单位、各学校都在闹派系斗争，只有我沉浸在绘制伟人形象中。那时也年轻，二十七八岁，不知饥，不知冷，不知累。梯子上爬上爬下，衣服上全是颜料，层层相叠，都成盔甲一般硬邦邦的，索性也不换了，头发胡子老长也不管，邋里邋遢，可称得上是：“我把画画当成诗，哪管他人笑颠痴。心中自有涂抹在，自然无暇顾烦思。”

我画画入迷，走到哪儿画到哪儿，铅笔在纸上自由挥洒的快感真是难以形容。后来，我又努力练习书法，练草书时，我找到了画速写的感觉。觉得草书像舞蹈，又像音乐，这在美学上称为“通感”，就是不同的艺术形式之间，是能够相互融合的。

改革开放以后，电视进入了家庭，弥补了我不能到现场观看的缺憾。八十年代以后，我晚上看电视，有戏剧舞蹈节目时，就立刻拿笔画下来。这些戏剧、舞蹈的艺术形象，荧屏上是一瞬间就过去了，我就凭记忆画下来，这是非常好的锻炼。八十年代应《北京广播电视报》所邀，开办以舞蹈、戏剧人物为主的“荧屏速写人物”专栏。我常年的速写素描基本功，使我能得心应手，凭瞬间记忆在脑中定格，勾勒人物的神态动作。人不可能都到剧场观看，有了电视，就是打开了一条通往捕捉众生百态的大门。这些速写作品，在九十年代，由人民中国出版社出版了，就是我的第一本画册《何大齐荧屏速写作品选》。

荧屏速写，绘于一九九〇年代

改革开放以后，北京发生了巨变，昔日京城的景物，正在一天天离我们远去。这就促使我赶快把记忆中的老北京往事画下来，留下京城旧影，所以陆续画了很多老北京的旧景旧情旧人。先由中国水利水电出版社出版了《老北京民俗风情画》，后又添加作品，由知识产权出版社出版了精装版的《燕京往事》。

三

我没有受过美术院校的科班教育，这些绘画能力，都是在实践摸索中获得的。所以我喜欢到大师故居或展览会上参观，以此感受和学习他们的艺术成就。

一九五六年以后，我多次到徐悲鸿故居参观。徐悲鸿一九五三年因病过早辞世，年仅五十八岁。他在东受禄街的一所大宅院，成了可以随便参观的纪念馆，三个院子，一进门的院子迎面的一处大房子，是徐先生的画室。画室里的画架子上，放着他未完成的油画《鲁迅与瞿秋白》，这是鲁迅和瞿秋白坐在藤椅上，尚未着色的大幅油画作品。前院的五间房子，展出徐先生的几幅巨大的水墨画。走进内院是徐先生的书房、客厅和卧室。墙上挂着他的多幅素描人体画和书法条幅。我站在他临终的床前徘徊很久，从大师生活的环境，感受这位中国美术宗师伟大的一生。这对我的人生观、价值观的影响很深，我多次到这里感受大师的风范。有一次还偶遇徐悲鸿夫人廖静文女士，当时她还很年轻，精力充沛，动作敏捷，好像当时她是去厨房拿什么东西，至今给我留下深刻印象。

齐白石的故居在西城区跨车胡同十三号，我在“文革”后去参观过。当时他的儿子齐良迟就住在东厢房，我还和他聊了半天。齐良迟平易近人，如同常见的老爷爷。他在屋门外立着一个镜框子，里面是他写的书法作品。内容是对有关部门在“文革”中拿走齐白石的若干作品至今拒不退还提出抗议。我觉得用这种方式来表达不满还真是独创。他还带着我们参观了故居的各个院落，齐白石住的房前建有铁栅栏，这是白石老人自己设计的防盗装置，还真是很独特。

我经人介绍访问过蒋兆和先生。上世纪五十年代末，他住在赵登禹路东侧的一个胡同里。我去时，他的家人都在，蒋先生看了我的作

登门求老画家
指教
壬寅夏月
何大齐

品，鼓励我多在生活中写生，给予我多练练书法对画国画是很有益的等教诲。想想我一个普通学生，也就是初生牛犊不知深浅，求教若渴，才敢贸然打扰老人家。蒋先生清瘦的脸，有神的眼睛，手中夹着香烟的样子，至今深深印在我脑海里。

一九六一年，我还拜访过叶浅予先生。当时只听人说他住大佛寺。我和一个同学，一起到大佛寺派出所打听叶先生地址。一位女民警十分警惕，问我们要干什么。我们说学画画。她看我们俩是年轻学生，最终告诉了我们地址。我们进大门打听，说叶先生住最后一个院子里北房。一敲门，他的儿子叶善蒙开门，我们说明来意，他刚要我们进屋，叶先生站在书柜前正翻看什么，一听是陌生人要求教，就说：“不行，我刚病好出院，没有精神，不接待客人。”我们吃了个闭门羹。后来，我把自己画的速写作品寄给他看，他用毛笔给我写了封回信，肯定我画得好，鼓励我要深入生活，多画速写等。

那时也没有追星、粉丝一说，我到处拜访求教，只是希望在大师指导下能进步快些。但是这些打扰，可能是给先生们添麻烦了。记得有两句歌词说：“谁的年轻不莽撞，谁的成长不受伤……”我磕磕绊绊一路走来，只是为了一生的爱好。

回顾我学画画的道路，就是只要心中有热爱，不论有多大困难，也能坚持下来。我学画画，就是实践着一句名言：“兴趣是最好的老师。”我也始终笃定信奉四个字：天道酬勤。

与书法结缘

我上小学二年级的时候，学校开始有大字课，就是要教用毛笔写字了。我记得老师上课前，先发给每个学生一张用红色印的字样子，叫“红模子”，上面印有“一、二、三、十、人、上、下、土、王”等笔画少的楷体字。笔画很全面，有横、竖、点、撇、捺等。每个小学生都备有一支毛笔，一个铜墨盒，墨盒里用一团丝绵浸透了墨汁，写字时用毛笔先掭丝绵上的墨汁，然后描写红模子上的字。上课了，老师先教怎么拿笔，不能像拿铅笔那样五个指头攥到一起。老师手里拿一根大号毛笔，先用大拇指和食指捏住笔杆，再用中指钩住，用无名指的指甲从后面顶住笔杆，小拇指托在无名指的下面。老师一边说一边作示范，让我们把手抬起来，学老师手的动作，一遍遍跟着做。那年我六岁多，在班里也是年龄小的，拿东西都拿不稳，握笔也费劲，只能照猫画虎。多亏老师耐心，走到我跟前，总是掰着我的一个个手指头纠正。老师告诉我们，执笔方法是写好大字的最基本技法。最初，一节课能用半堂的时间，来纠正这些乱七八糟的小手姿势。笔拿对了，老师开始讲怎么写横。他把白粉笔碾成末儿，在碗中加水，

爺爺墨迹墙上挂珠圓玉润稱大家奶奶囑咐
继祖業天道酬勤筆生花
壬寅夏
珠圓玉潤
何裕康

搅拌均匀，用大毛笔蘸足了白颜色，在黑板上写了个大大的“一”字。啊，真好看！我特别喜欢，随之听讲也认真了，跟着老师学入笔、行笔、收笔。用自己的小毛笔蘸墨，哆哆嗦嗦地在红模子上开始描“一、二、三”，这是我第一次拿起毛笔。

课堂上描完的红模子交给老师，老师在写得合格的字上用红笔给画个圆圈，以示表扬。每当看到我的作业有红圈时，我就高兴得不得了，仔细叠好放书包，回家给全家人显摆，没事儿自己就拿出来看看，比买了件玩具还高兴。小学的大字课是从二年级到六年级，每周一节。到上了中学，就没有大字课了，大多数同学也就从此告别了毛笔，但是我和毛笔，结了一生缘。

伯父二水先生

首先，我家是书香世家。听家中的长辈们常说，我祖父是民国时期的书法家，北京一些商店的字号、牌匾就是爷爷写的。他的颜体楷书写得苍劲有力，十分有气势。那时家里客厅里就悬挂着一幅他的墨迹——“珠圆玉润”四个大字。我祖父因患肺结核，四十多岁就过早离世了，我只见过他的一张照片。但他的两个儿子，我的伯父何炎（二水）和我四叔都继承了书法家学。

他们写字时，我常站在旁边，他们不讲，也不刻意教，喜欢你就看着。我在老师画红圈的基础上，看他们如何运笔，怎么处理字的结构及作品布局安排等。在这耳濡目染中，对书法也越来越着迷。

在我住的房间里，悬挂着清代名臣刘墉写的草书“知足知不足之室”，因为是草书，那个“足”字写得和“是”字相似，来家玩儿的同学都念成“知是知不是之室”，成了笑谈。我屋里还挂着副对联“晓随天仗入，暮惹御香归”，我每天躺床上对着看，琢磨同样是字，怎么古人写出来就这么好看，慢慢体会其中蕴含的神韵。

伯父遗墨

邱松岩先生遗墨

我在伯父和叔叔的影响下，先练楷书。临习唐朝柳公权写的《玄秘塔碑》和《神策军碑》，每天晚上要写一个多小时。后来又临颜真卿写的《多宝塔碑》和《东方朔画赞》。写一段时间后拿给他们看，他们也不表扬我，但从神情上我觉得是在说“孺子可教”，倒是奶奶老是鼓励我。这成了我最大业余爱好之一，也是一种休息的方式。

一九六四年，我大学毕业后被分配到石景山教书，有机会求教于京西宿儒邱松岩老先生，他让我扩大视野，指导我临写北魏时期的人书法家郑道昭的《论经书诗》。邱老先生把原拓片借给我，我用拷贝纸双钩下来，钉成四册，每天认真临写。这个帖上的字，刻在山东省莱州市东南的云峰山摩崖石壁上，用笔、结构是隶楷之间的完美结合，是隶书演变成楷书过渡阶段的反映。听邱老先生介绍，云峰山的崖壁上，有十六处留有郑道昭的书法作品，像《郑文公下碑》《观海童诗》等这些名著都在此处。想想距今一千六七百年前，老祖先们就能把汉字写得这样雄伟壮丽、神采奕奕，我太想去这里看看，一饱眼福了。

上世纪九十年代初，我终于有机会，到山东朝拜了这书法的圣山。沿着缓缓升高的山路，走到一处断崖，在山崖的坡面上，看到了《论经书诗》的原刻。每个字长宽都在十五厘米以上，共三百四十三个字，写在一个呈三角形的不规则的石面上，错错落落，极为壮观。我在此细细品读，左右徘徊，不忍离去。它的笔法和结构达到如此高的审美境界，真不可思议。顺着山道，看到了《郑文公下碑》和《观海童诗》等十六处石刻，虽经千年的日晒雨淋、风化作用和人为的破坏，但还能看出当初的大体模样。在云峰山，还修了展览厅，把全世

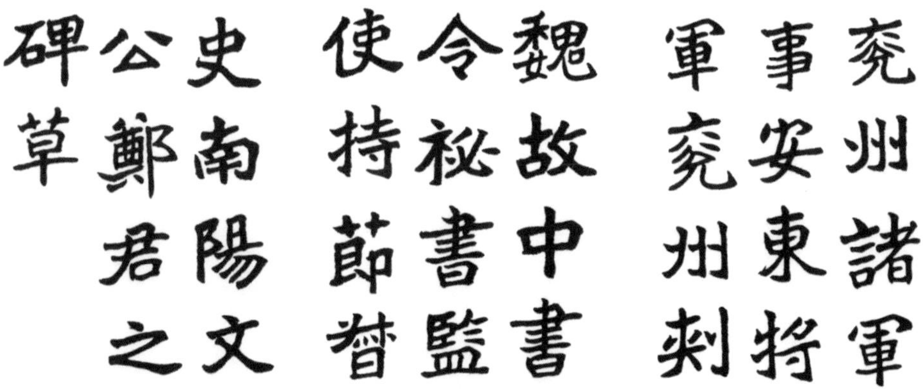

作者临《郑文公下碑》

界的书法家来宾留下的书法作品展在厅内，都是赞叹郑道昭的书法诗文。我在此停留，也感慨良多。正如一首诗所道：“翰砚名书楷上流，墨端润笔隶诗酬。情倾泰斗行神韵，缘帖山峰草篆秋。”

从幼年懵懂拿毛笔学写字，几十个春秋过去了，我始终沉浸其中，成就不一定有多少，但它滋润了我的心灵，让我沉静豁达。站在云峰山，瞻仰祖先的丰碑，使我更加热爱书法艺术。

这次朝圣般的旅行参观回来后，又开始研习王羲之的行书、草书和古汉字大篆、小篆，越学越感到书法的乐趣和文字的奇妙。

当我学习篆书时，发现古文字的字形结构，与后来的隶书、楷书有很大的不同。它保留了古汉字象形的原貌。于是，我就认真研究《说

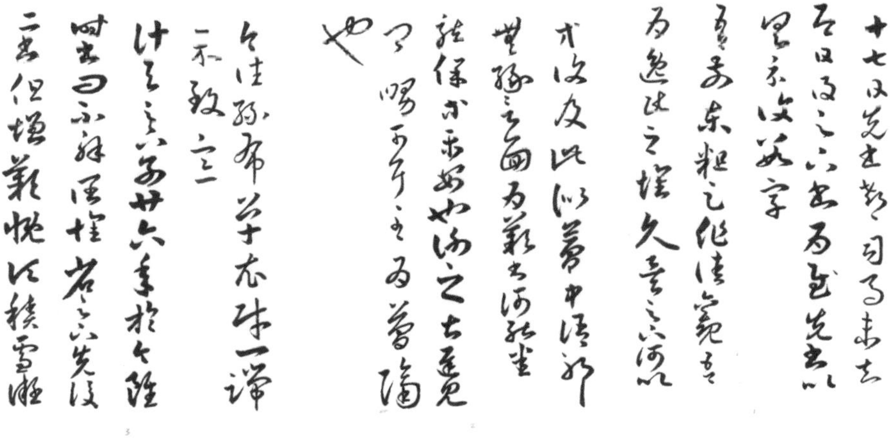

作者临王羲之《十七帖》

文解字》等有关古汉字的工具书。每遇到一个字，在临写前先研究它的字形和字义的关系。用造字的六种方法，即“六书”（象形、指事、会意、形声、假借、转注）来分析每一个字，这种方法，也大大开阔了我的眼界，使我在学习书法的知识层面上，又上了一个台阶。

比如“女”字，这就是个象形字。“女”的甲骨文，像一个屈膝、双臂交叉在胸前的未嫁女性。低眉顺眼，表现出女性“美、柔、弱、小”这些形与神的特征。世界上出现了天地万物，同时出现了男女，并且结为夫妻，生儿育女，才有了人类社会。

在中国封建社会，为妇女制定了道德行为规范，即“三从四德”：要未嫁从父、既嫁从夫、夫死从子，要在德、言、容、功四个方面约束要求自己。既然要求女人这么十全十美了，那以女为部首的字，就大多数都和女性或美等意思有关。如“好”，由两个单独的象形字“女”和“子”组合在一起，就用了造字“六书”中的第三种方法，即成“会意”字了。会女子貌美之意，后来引申到了一切美好、善良。并由此种意思拓展到了一百多个带“女”字偏旁的字，比如姿、娟、姑、婉、姜等。

我把每一个字都这样追根溯源，找到它的前世今生。我越来越觉得书法绝不单纯是技巧，它植根于中华文化沃土，从古至今，蕴含丰富的天文、地理、人文、历史知识。

现在我已入耄耋之年，回想这一生有笔墨相伴，真是人生幸事。

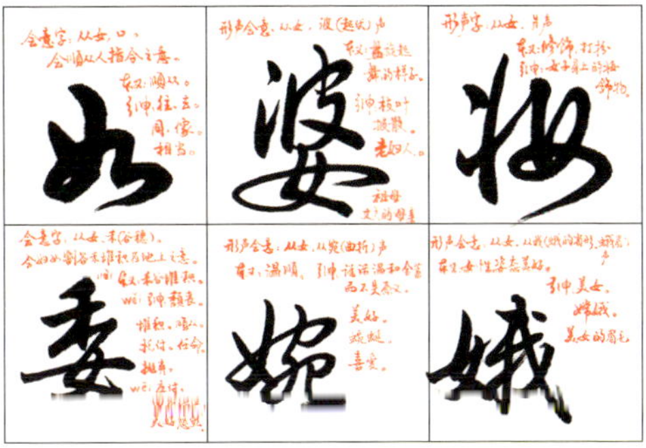

作者课徒稿

正如陆游诗云："夜来一笑寒灯下，始是金丹换骨时。"这是我的夙愿，也是有生之年的追求。

终章：笑声

随着一九四九年后的社会主义改造，一九五六年，政府工作人员找上门，宣布私人的房产公私合营，也就是说，我家的这所宅院已不再是个人财产了。随后前面的两个院子变成西城房管所的办公用房，后面两个院子分给了几户人家居住，我们只保留中院，从此完整的四合院变成了大杂院。十年后，飘摇中的四合院最终和我们彻底告别了。

平静的生活不再有了，日子每况愈下。一九六一年夏天，我姑姑已经四十一岁，还是单身。她青年时在上海生活工作期间，给一位英国朋友补中文，两人很谈得来，曾经相恋过，但因为一些缘故未成眷属。此时那个英国人正任英国驻上海总领事馆的外交官，二人旧情重燃，遂邀她到上海完婚，任期届满，将一起回到英国定居。这一年我奶奶已是八十高龄，身体也不太好，风烛残年了，我姑姑考虑自己后半生的归宿，还是艰难地选择了这人生的重要一步。但这一走怕是难以再见到自己的生身之母了。要离京去上海的那天上午，姑姑坐在奶奶的床前，互相说着临别前的嘱咐。出发的时间到了，从不起身送人的奶奶强打精神，步履蹒跚地走到堂屋门前，手扶门框一言不发，神情凄楚，但没有落下一滴眼泪，这也是她守寡多半生，一手拉扯大几个子女的坚强性格的反映。姑姑在三叔的陪同下，走出房门，在门前葡萄架下，又回头看了我奶奶一眼，马上扭过头用手绢儿捂着脸，哭着走了。当时我就站在旁边，看到这生离死别的一幕，心里真是五味杂陈。奶奶在姑姑走后两年多就去世了，我姑姑此时已经跟随丈夫远赴海外，此生再没回来。

三年困难时期刚过，经济稍微缓和一点儿，人们能吃饱肚子了，可是国内形势越来越紧张，“千万不要忘记阶级斗争”成为当时报纸、广播及大小会议必要强调的政治口号，阶级斗争要“年年讲、月月讲、天天讲”。我预感到要有大事发生了。

一九六六年的夏天，“文化大革命”终于全面爆发。八月十八日，天安门召开“文革”动员大会，发动大中学生成立红卫兵组织，打着“横扫一切牛鬼蛇神”“破四旧立四新”的口号，开始全社会的所谓“造反行动”。从八月二十二日开始，红卫兵走向社会开始抄家。我家住房已经公私合营了，可是生活方式上相比较周围的邻居还是显得格格不入。尽管我父亲、叔叔只是专业人士，跟政治并无任何瓜葛，但生活方式不同于群众就是资产阶级，是“破四旧”对象。背后有人指使红卫兵到我家造反抄家，十几岁的孩子，戴上红袖章，把打砸抢、草菅人命当成理直气壮的“革命”行动，那是怎样一出人间悲剧！

四合院的生活终结了。我们全家老少被轰进了不远处刘兰塑胡同一间临街的十平方米的旧仓库中安身，在忍饥挨饿、贫困交加中度过了几个月最恐怖的日子，住在陋室里渐渐也安定下来了。一家人也慢慢适应了这样无望无奈的生活，过去了的可怕一幕也在时间流逝中渐渐冲淡了，全家人常坐在无立锥之地的斗室，说说笑笑。父亲有时和我谈起京剧时，还不由自主地唱两句。传统戏是被打成“四旧”的，不能大声唱，但是母亲和妹妹们的笑声经常传到街上。那天正好抄过我家的几个红卫兵经过窗下时听到屋里有笑声，怒不可遏地踹开门大声地呵斥：“你们都这样了还笑！有什么可笑的？！”摔门而去。后来听他们对邻居说：“这家人心可真大！”他们不知道，肉体可以被摧残、财产可以被毁灭，但人的精神，人在灾难困苦中作乐的态度，是剥夺不了的。母亲被罚去清扫街道仍旧妆容优雅，父亲到工厂当锅炉工都衣装整洁一身雪白。父亲自行车骑得飞快，显现出极强的生命力，当时这一带的人都认识他，一看见他精神矍铄的骑车姿势，就给老头儿鼓掌叫好。我父亲八十四岁、母亲九十一岁寿终正寝，都是无疾而终，这也是大难之后的乐观心态起的作用吧。而破瓦寒窑中的笑声，我相信既是我们家庭面对困境的回响，更是人类的基因。

我画京剧

我在童年时代接触最多的就是京剧，仿佛就是在终日不绝于耳的京剧唱腔声中开始有了自己的记忆。那时家里有台留声机和几百张百代公司出品的京剧唱片，其中成套的有梅兰芳、杨小楼的《霸王别姬》，单片则有梅兰芳灌唱的《三娘教子》《生死恨》《凤还巢》《女起解》等诸多唱段，裘桂仙、金少山的《锁五龙》，李多奎的《钓金龟》，肖长华的《荷珠配》以及高庆奎、余叔岩、汪桂芬等各自拿手的老唱段…… 这些都给我留下深刻的印象，直到如今还能唱上几句，而马连良的《十老安刘》更是百听不厌，其韵味妙不可言，深入骨髓。

我的父辈都是戏迷，其中我父亲和三叔还是票友，经常登台演唱梅派剧目，唱的是旦角。我还记得他们唱过《坐宫》《打渔杀家》《三娘教子》等剧目。我三叔还经常在院子里练习刀马旦的武功，手拿长杆的兵器耍来耍去，十分认真。晚饭后拉胡琴吊嗓子，你唱一段，我唱一段，我们这些孩子在旁边听得津津有味，也学着哼唱，有些唱段至今记忆犹新。

我父亲有不少戏曲界的朋友，交往密切的有谭富英、裘盛戎、叶盛长、茹元俊等，这些名角常来家中做客，谈天聊戏，他们不凡的风采让我倾心不已。

稍长后我的兴趣向绘画方面发展，素描、速写成了每天必练的功夫，大量的练习使我渐渐能够随心所欲地“手绘我心”，寥寥几笔就可以勾画出一个个动态中的人物了。

随着上世纪七十年代末的改革开放，文化艺术一时得到空前释放，电视机也进入了寻常百姓家，每天都能通过电视看到丰富多彩的京剧、舞蹈、话剧的演出，这在之前是难以想象的事情。我为此订了一份广播电视报，把心仪的节目画上记号，每天晚上拿速写本边看边画，多年坚持不懈，乐此不疲，积累了成千上万的京剧和舞蹈、戏剧速写，有用铅笔画的，也用毛笔和钢笔画的，画出来的味道各有不同。

唱戏、听戏和画戏有共性，但又各有其侧重。就说画戏吧，你不仅要了解剧情，熟悉人物性格、思想感情，还要深刻观察人物的形貌特征、服装道具，更要抓住人物的神情动态，画出形神兼备的典型人物，把舞台人物转化成绘画人物。其中有绘画技巧的难度——舞台上的动作稍纵即逝，没有整体观察和对形象的记忆，是一个完整的形也画不出来的；此外，绘画还要选择最美、最有表现力的一瞬间，戏曲速写如同一切写生一样，都是对描绘对象的再创作，而绝非简单的描摹复制，“废画三千”自是必然。

京剧人物是我绘画题材的一个重要组成部分，这既是兴趣使然也是宿命，作为一个老北京人，我对自己早已融在其中的文化与生活是难以割舍也无法割断的。幸好有画笔。

戊戌春月于京华

（此文原载《中国京剧》 2018 年第 5 期）

京剧人物，《铡美案》之秦香莲，34.5 cm × 24 cm，纸本水墨设色，约 2000 年

京剧人物，《三岔口》之任堂惠，22 cm × 30 cm，纸本水墨设色，2005 年

京剧人物，《响马传》之秦琼，34.5 cm × 24 cm，纸本水墨设色，2005 年

京剧丑角，27 cm × 20 cm，纸本铅笔，约 1990 年

京剧花脸，20 cm × 15.5 cm，纸本铅笔，约 1990 年

京剧武生，17 cm × 15.5 cm，纸本铅笔，约 1990 年